讀品文化

有機發笑：天然ㄟ尚好

World's Best Laughs

爆笑認証，天然笑素

採用天然笑話為基本原料，絕不添加實話及賀爾蒙……

有機無毒天然超安心，看得美味健康無負擔！

徹底杜絕敏感症狀，絕無瘦肉精與毒澱粉。

永續圖書線上購物網　讀品文化事業有限公司

WWW.foreverbooks.com.tw　yungjiuh@ms45.hinet.net

達人館系列 03

有機發笑：天然ㄟ尚好

編　　著　龍偉惠
出 版 者　讀品文化事業有限公司
執行編輯　林美娟
美術編輯　林子凌

總 經 銷　永續圖書有限公司
TEL／(02)86473663
FAX／(02)86473660
劃撥帳號　18669219
地　　址　22103　新北市汐止區大同路三段 194 號 9 樓之 1
TEL／(02)86473663
FAX／(02)86473660
出 版 日　2013年09月

法律顧問　方圓法律事務所　涂成樞律師
CVS代理　美璟文化有限公司
TEL／(02)27239968
FAX／(02)27239668

國家圖書館出版品預行編目資料

有機發笑：天然ㄟ尚好 / 龍偉惠 編著.
-- 初版. -- 新北市 : 讀品文化, 民102.09
面 ;　公分. -- (達人館系列 ; 3)
ISBN 978-986-5808-12-9(平裝)
856.8　　102013752

Contents 目錄

台灣天然有機發笑

ORGANIC

有機發笑：天然ㄟ尚好

World's Best Laughs

小白兔事件

魚餌

第一天，小白兔去河邊釣魚，什麼也沒釣到，回家了。

第二天，小白兔又去河邊釣魚，還是什麼也沒釣到，回家了。

第三天，小白兔剛到河邊，一條大魚從河裡跳出來，對著小白兔大叫：

你要是再敢用胡蘿蔔當魚餌，我就扁死你！

買麵包

小白兔蹦蹦跳跳到麵包房，問：「老闆，你們有沒有一百個小麵包啊？」

老闆：「啊，真抱歉，沒有那麼多……」

「這樣啊……」小白兔垂頭喪氣地走了。
第二天，小白兔蹦蹦跳跳到麵包房：「老闆，有沒有一百個小麵包啊？」
老闆：「對不起，還是沒有啊……」
「這樣啊……」小白兔又垂頭喪氣地走了。
第三天，小白兔蹦蹦跳跳到麵包房：「老闆，有沒有一百個小麵包啊？」
老闆高興的說：「有了，有了，今天我們有一百個小麵包了！」
小白兔掏出錢：「太好了，那我買兩個！」

不介意

熊和兔子在森林裡便便，完了熊問兔子：「你不介意便便粘到身上嗎？」

兔子說：「不介意啊！」

於是熊就拿起兔子擦屁股。

效率

有一隻兔子非禮了一隻狼（這隻兔子很強吧），

然後就跑了，狼憤而追之，

兔子眼看狼快要追上了，

便在一棵樹下坐下來，

戴起墨鏡，拿張報紙看，

假裝什麼事也沒有發生過，

這時狼跑來了，看見坐在樹下的兔子，問道：「有沒有看見一隻跑過去的兔子！」

兔子答道：「是不是一隻非禮了狼的兔子？」

狼大呼：「不會吧！這麼快就上報紙了！」

不放棄

一天一隻小白兔來到一家商店問老闆：「老闆，有胡蘿蔔嗎？」

老闆搖搖頭：「沒有，我們這裡是藥店。」

小白兔聽完就「嗖」的跑了。

第二天小白兔又來到這家商店問：「老闆，有胡蘿蔔嗎？」

老闆生氣的搖搖頭：「沒有！告訴你是藥店了！」

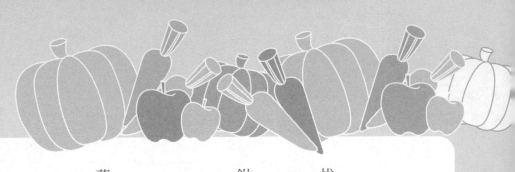

小白兔聽完就「嗖」的跑了。

第三天小白兔又來到這家商店問：「老闆，有胡蘿蔔嗎？」

老闆憤怒的大喊：「沒有沒有！再問我就用老虎鉗把你的牙齒拔掉！」

小白兔聽完就「嗖」的跑了。

第四天小白兔又來到這家商店，怯生生的問：「老闆，有老虎鉗嗎？」

老闆說：「沒有。」

小白兔於是問：「那有胡蘿蔔嗎？」

老闆憤怒地捉住白兔，拿出一把錘子把牠的牙齒敲掉了。

第四天小白兔又來到這家商店，含糊不清的問：「老闆，有胡蘿蔔汁嗎？」

精靈

小白兔和熊走在森林裡，不小心踢翻了一隻茶壺。
突然間從壺裡跑出來一個精靈，說可以滿足牠們各三個願望。
熊說：「把我變成世界上最強壯的狗熊。」牠的願望實現了。
小白兔說：「給我一頂小頭盔。」牠的願望也實現了。
熊說：「把我變成世界上最漂亮的狗熊。」牠的願望又實現了。
小白兔說：「給我一輛自行車。」牠的願望又實現了。
熊說：「把世界上其它的狗熊全變成母狗熊！」
小白兔騎上自行車，一邊跑一邊說，「把這隻狗熊變成同性戀……」

反毒宣言

有一隻小白兔快樂地奔跑在森林中，在路上牠碰到一隻正在吸毒的長頸鹿，小白兔對長頸鹿說：「長頸鹿，長頸鹿，你爲什麼要做傷害自己的事呢？看看這片森林多麼美好，讓我們一起在大自然中奔跑吧！」

長頸鹿看看毒品，看看小白兔，於是把毒品向身後一扔，跟著小白兔在森林中奔跑。

後來牠們遇到一隻正在準備吸毒的大象，小白兔對大象說：「大象大象，你爲什麼要做傷害自己的事呢？看看這片森林多麼美好，讓我們一起在大自然中奔跑吧！」

大象看看毒品，看看小白兔，於是把毒品向身後一扔，跟著小白兔和長頸鹿在森林中奔跑。後來牠們遇到一隻正在準備吸毒的獅子，小白兔對獅子說：「獅子獅子，你為什麼要做傷害自己的事呢？看看這片森林多麼美好，讓我們一起在大自然中奔跑吧！」

獅子看看毒品，看看小白兔，於是把毒品向身後一扔，衝過去把小白兔狠揍了一頓。

大象和長頸鹿嚇得直發抖：「你為什麼要打小白兔呢？牠這麼好心，關心我們的健康又叫我們接近大自然。」

獅子說：「這個混蛋兔子，每次吃了搖頭丸就拉著我像白癡一樣在森林裡亂跑！」

警力測驗

為了測試美國，香港，中國大陸三地員警的實力，聯合國將三隻兔子放在三座森林中，看三地員警誰先找出兔子。

第一個森林前是美國員警，他們先花整整半天時間開會制定作戰計畫，嚴格分工，然後派特種部隊快速進入森林進行地毯式搜索，結果開會耽擱了時間，兔子跑了，任務失敗！

然後輪到香港員警，他們派了一百多人和幾十輛警車在森林外一字排開，由帶頭人用喇叭喊話：「兔子，兔子，你已經被包圍了，快出來投降……」半天過去了，沒動靜。飛虎隊進入森林，搜索一遍，沒結果，任務失敗！

最後是中國員警，只有四個，先打了一天麻將，黃昏時一人拿一警棍進入森林，沒五分鐘，聽到森林裡傳來一陣動物的慘叫，中國員警一人抽著一根菸有說有笑的出來，後面拖著一隻鼻青臉腫的熊，熊奄奄一息的說道：「不要再打了，我就是兔子……」

優點

長頸鹿說：「小兔子，真希望你能知道有一個長脖子是多麼的好。無論什麼好吃的東西，我吃的時候都會慢慢的通過我的長脖子，那美味可以長時間的享受。」

兔子毫無表情的看著牠。

「並且在夏天，兔子，那涼水慢慢的流過我的長脖子，是那麼的可口。有個長脖子真是太好了！兔子，你能想像嗎？」

兔子慢慢的說：「你吐過嗎？」

神技

一天，袋鼠開著車在鄉村小路上逛街，突然看到小白兔在路中

央，耳朵及身體幾乎完全趴在地上似乎在聽什麼。

於是，袋鼠停下車很好奇地問：「小白兔，請問一下你在聽什麼？」

「半小時前這裡有一輛大貨車經過……」

「哇靠，這麼神！你是怎麼知道的？」

「他XX的！我的脖子和腿就是這麼斷的……」

論文

有一天兔子在一個山洞前寫東西，一隻狼走過來問：「兔子你在寫些什麼？」

兔子答曰：「我在寫論文。」

狼又問：「什麼題目？」

兔子答曰：「我在寫兔子是怎樣把狼吃掉的。」

狼聽後哈哈大笑，表示不相信。

兔子說：「你跟我來。」然後把牠帶進了山洞之後，兔子又繼續在山洞前寫著。這時又來了一隻狐狸問：「兔子，你在寫些什麼？」

兔子答曰：「我在寫論文。」

狐狸問：「什麼題目？」

兔子答曰：「兔子是如何把一隻狐狸吃掉的。」

狐狸聽完後哈哈大笑的，表示不信。

兔子說：「你跟我來。」之後把牠帶進了山洞，過了一會兒兔子又獨自一個人走出了山洞，繼續寫牠的論文。

此時在山洞的裡面一隻獅子正坐在一堆白骨上剔著牙，還一邊看著兔子的論文：一個動物的能力大小，不是看牠的力量有多大，而

是看牠的幕後老闆是誰！

康復

在一個精神病院裡，有一天院長想看看三個精神病人的恢復情況如何，於是在他們每人面前放了一隻小白兔，第一個精神病人坐在小白兔的上面，揪著小白兔的兩隻耳朵，嘴裡嚷著「駕」，院長搖了搖頭；第二個人背對著小白兔，拍著牠的屁股，嘴裡說著「給我追」，院長歎了口氣；第三個蹲在那裡一個勁兒的摸著小白兔，院長看後，滿意地點點頭，只聽他說了一句：「你先去餐廳佔位，我等等換好衣服就來！」院長倒地暈倒……

採菇

三個小白兔採到一個蘑菇，兩個大的讓小的去弄一些野菜一起來吃，小的說：「我不去我走了，你們就吃了我的蘑菇了。」

兩個大的說：「不會的，放心去吧！」於是小白兔就去了。

半年過去了，小白兔還沒回來。一個大的說：「牠不回來了，我們吃吧！」

另一個大的說：「再等等吧。」

一年過去了，小白兔還沒回來，兩個大的商量：「不必等了，我們吃了吧。」

就在這時，那個小的白兔突然從旁邊叢林中跳出來，生氣的說：「看！我就知道你們要吃我的蘑菇！」

目的

從前，有一隻兔子。
又來了一隻兔子。
牠扶著耳朵站在第一隻兔子的肩膀上。
又來了一隻兔子。
牠扶著耳朵站在第二隻兔子的肩膀上。
又來了一隻兔子。
牠扶著耳朵站在第三隻兔子的肩膀上。
又來了一隻兔子。
牠扶著耳朵站在第四隻兔子的肩膀上。
又來了一隻兔子。
牠扶著耳朵站在第五隻兔子的肩膀上。

又來了一隻兔子。
牠扶著耳朵站在第六隻兔子的肩膀上。
又來了一隻兔子。
牠扶著耳朵站在第七隻兔子的肩膀上。
又來了一隻兔子。
牠扶著耳朵站在第八隻兔子的肩膀上。
又來了一隻兔子。
牠扶著耳朵站在第九隻兔子的肩膀上。
又來了一隻兔子。
牠扶著耳朵站在第十隻兔子的肩膀上。
又來了一隻兔子。
牠扶著耳朵站在第十一隻兔子的肩膀上。
又來了一隻兔子。

牠扶著耳朵站在第十二隻兔子的肩膀上。
又來了一隻兔子。
牠扶著耳朵站在第十三隻兔子的肩膀上。
又來了一隻兔子。
牠扶著耳朵站在第十四隻兔子的肩膀上。
又來了一隻兔子。
牠扶著耳朵站在第十五隻兔子的肩膀上。
又來了一隻兔子。
牠扶著耳朵站在第十六隻兔子的肩膀上。
又來了一隻兔子。
牠扶著耳朵站在第十七隻兔子的肩膀上。
又來了一隻兔子。
牠扶著耳朵站在第十八隻兔子的肩膀上。

又來了一隻兔子。
牠扶著耳朵站在第十九隻兔子的肩膀上。
又來了一隻兔子。
牠扶著耳朵站在第二十隻兔子的肩膀上。
又來了一隻兔子。
牠扶著耳朵站在第二十一隻兔子的肩膀上。
親了長頸鹿一下。

有機發笑：天然ㄟ尚好

World's Best Laughs

冷死人的動物笑話

速度

有一次龜兔賽跑，兔子很快跑到前面去了，烏龜看到一隻蝸牛爬得很慢很慢，對他說：「你上來，我背你吧……」

然後，蝸牛就上去了……

過了一會，烏龜又看到一隻螞蟻，對他說：「你也上來吧！」於是螞蟻也上去了。

螞蟻上來以後，看到上面的蝸牛，對他說了句：「你好！」

蝸牛說：「你抓緊點，這烏龜好快……」

買藥

烏龜不小心受傷了，請蝸牛去買藥。

過了兩個小時，蝸牛還沒回來。
烏龜急了罵道：「ＴＭＤ，再不回來老子就死了！」
這時門外傳來了蝸牛的聲音：「你再說老子不去了！」

反應

蝸牛去烏龜家討債被一腳踢了出來。一年以後又去烏龜家敲門怒氣衝衝道：「你爲什麼踢我？」

比賽

烏龜連續第十年龜兔賽跑都輸給了兔子，非常鬱悶於是決定去海邊旅遊散心。認識了海龜，烏龜問海龜：「你是海裡游的最慢的動物嗎？」

海龜說：「據我所知螃蟹遠比我要慢的很多。」

於是烏龜向動物出入境管理局申請移民池塘，每年和螃蟹比游泳。連續八年成爲龜蟹游泳的冠軍。螃蟹非常鬱悶上岸和兔子說：「烏龜在我面前稱王八年。」

兔子心想：「這烏龜在岸上比不過我，出了國還改名叫『王八年』這王八一定是個複姓吧。」

從此人們叫水裡的烏龜爲王八。

當兵

蝸牛報名參軍被拒絕，很不服氣，質問道：「我也是堂堂好男兒，滿腔愛國熱情，爲什麼不給我保家衛國的機會？」

一名軍官一臉嚴肅，略帶輕蔑道：「當兵是個苦差事，軍隊不需要一輩子離不開家且沒骨頭的膿包！」

後來烏龜報名參軍被安排在伙房，很不服氣，質問道：「我也是堂堂好男兒，滿腔愛國熱情，爲什麼不給我衝鋒陷陣，殺敵立功的機會？卻安排我作飯？」

一軍官和氣的解釋道：「你天生背口鍋子，這是你的特長，這是你最合適的崗位！」

蝸牛聽了烏龜大哥的事後，再次燃起了當兵的熱情，再次來到招兵處，軍官問：「你怎麼又來了？」

蝸牛義正嚴詞道：「部隊不是要把每名士兵安排到最合適的崗位嗎？烏龜大哥去了伙房是因爲他天生背鍋，我應該去裝甲旅，因爲我天生有護甲！」

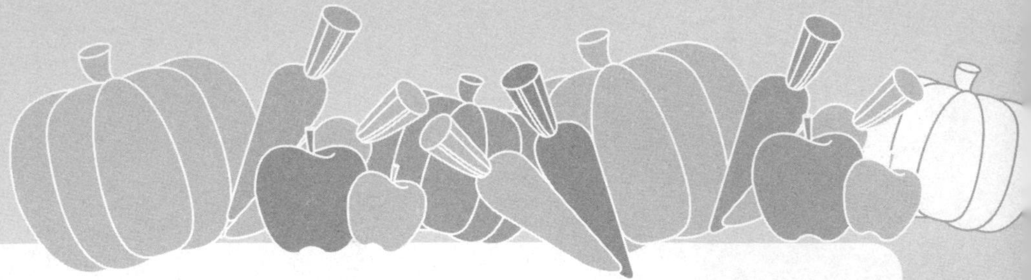

信用

某日，龜爸、龜媽、龜兒子三隻烏龜決議去郊遊。帶了一個山東大餅和兩罐海底雞，出發到陽明山去，苦爬十年，終於到了，席地而坐，卸下裝備，準備進食。

「SHIT！該死！沒帶開罐器！」龜爸說：「龜兒子，回去拿！」

「乖兒子，快！爸媽等你回來一起開飯，快去快回！」龜媽說。

龜兒子說：「一定要等我回來！不可食言喔！」龜兒子踏上歸途……

光陰似箭，二十年已到，龜兒子尚未出現……

「老伴，要先開飯不？我超餓的說……」龜媽受不了了。

「不行，信用豈能兒戲？答應兒子的，再等他五年，再不來就不管他了！」

龜爸說完轉眼又五年！仍未見龜兒子蹤跡！

不管了！二老決定開動！拿出大餅，情深道：「老伴，妳先吃吧！」龜爸說。

「兒子！對不起！媽實在餓的受不了！」龜媽說。

大口一張，大餅受創！說時遲那時快！

龜兒子從樹後跳出來：「我就知道你們會偷吃！騙我回去拿開罐器！」

我等了二十五年，終於被我等到了吧！我最恨人家騙我！

未卜先知

某甲，某乙和某丙相偕進京趕考，半路他們看到一塊招牌，上面寫著：「未卜先知的烏龜。」他們三人覺得很好奇，便一塊兒進去，準備一探究竟。招牌下的帳蓬裡，有一個貼著紅布的小抬子，上面放著一隻小烏龜，桌子後頭則坐著一位滿臉皺紋的老太婆。老太婆說：「這是一隻未卜先知的烏龜，你們想知道什麼事，就儘管問。」

某甲說：「請問我養了幾隻羊？」

老太婆不知用什麼話對烏龜說了幾句，烏龜就把牠的頭伸進伸出，反覆了三十三次。

「烏龜說你養了三十三頭羊。」老太婆說。

某甲非常激動，因爲烏龜完全答對了。

「請問我有幾個兒女？」某乙問道。

老太婆又對烏龜嘀咕了幾句，牠也同樣又做了伸頭的動作，做了十一次。

「牠說你有十一個兒女。」老太婆說。

某乙聽了之後頻頻點頭，小烏龜完全答對了。

最後輪到某丙；他不信邪，偏要出一道難題來考考這隻烏龜，他說：「我老婆現在正在做什麼？」某丙得意地問出這個題目，他心想，這下子牠一定答不出來了。

老太婆照例翻譯給小烏龜聽。此時，小烏龜緩緩的爬起來，然後十分辛苦的往後仰躺在桌子上，不斷揮動牠的四肢。

毛遂自薦

自從輪船通商以來，往來海面，鼓動海水，波濤增多。龍王很不安寧，要派使者與外國商量讓水族寧靜，便詢問臣子，誰能擔任外交使者。烏龜毛遂自薦，龍王即命牠前往。

烏龜在半途碰到一艘外輪，要想登船，只是無路可上，只得環繞船找路。正在徘徊之時，忽然船後排出熱氣，不偏不倚，把烏龜射個正著。這位外交大臣吃了一驚，慌忙逃了回去。

龍王詢問交涉結果如何，烏龜磕頭答道：「小臣實在沒有外交才幹，請另派能人去辦吧。」接著詳細彙報受驚經過。

龍王大怒道：「虧你還挺身自薦說能辦外交呢！怎麼外國人放了一個屁，你便嚇得逃回來了？」

歌名

一天，猴子問狐狸：「你猜，『大象放屁』答一歌名是什麼？」

狐狸說：「廢話，古巨基的好想好想。」

這時，一隻烏龜從草叢中伸出頭來說：「我靠，我他媽以為是動力火車的《當》呢！」

贖罪

一日蝸牛碰見烏龜，不屑的嗤之以鼻：「切，前世不知作什麼孽了，後半輩子要背黑鍋來贖罪。」烏龜聽到大怒，反唇相譏：「你祖先大概是起源於茅房，居然到你這代還是習慣躲在大糞裡！」

烏龜謎題

烏龜的屁股

謎底：規定

烏龜倒立

謎底：上面有規定

烏龜翻筋斗

謎底：一個又一個規定

大烏龜背上背個小烏龜

謎底：上面又有新規定！

烏龜蓋了間房子然後爬了進去

謎底：蓋中蓋

烏龜爬出來把房子拆了又蓋了一間爬了進去

謎底：新蓋中蓋

烏龜碰到了一隻鱉

謎底：黃金搭檔

烏龜打架

謎底：規定有衝突

烏龜穿龍袍

謎底：黃金甲

所有的烏龜都穿龍袍

謎底：滿城盡帶黃金甲

流行

有隻北極熊，生活在北極，就只有這一隻。牠覺得很無聊，於是牠就開始拔自己的毛，一根、兩根、三根，拔著拔著沒多久就拔完了，拔完後，牠說了一句話：「好冷喔……」

企鵝經過，看到地上有堆北極熊的毛，就跑去問北極熊怎麼了。北極熊就一五一十告訴企鵝，可是企鵝不相信，所以企鵝就一根一根的開始拔著，拔完了，牠說了一句：「北極熊說的是真的，真的好冷！」

這消息傳到了非洲，非洲一隻老虎不相信，就故意躺在大草原上，讓大太陽曝曬，想著開始拔起身上的毛，一把一把的，不久牠身上的毛也拔光了，牠楞了一下，說了一句：「北極熊騙人，我毛拔光了，都不會冷！」

正當北極熊，企鵝跟老虎都在拔毛時，萬獸之王——獅子得知了這個消息，牠只覺得很納悶，爲什麼一堆動物都在拔自己的毛？難道是新的流行？於是獅子也加入拔毛行列，一撮、二撮、三撮，等到獅子把鬃毛拔完後，咦！沒什麼事發生呀……正當獅子爲自己無聊的行爲感到後悔時，又有另一隻獅子以飛快的速度衝了過來，一陣叫聲之後，獅子哭著說：「嗚嗚，原來拔光毛會被誤認爲母獅子……」

一隻烏龜也跑去北極，牠也想拔毛，所以烏龜說：「ＴＭＤ，我沒有毛……」

鳥兒在天上飛著，看見底下一堆動物在拔毛，所以也來拔拔看。一根毛，兩根毛，三根毛，拔完後牠卻說了一句：「呀，飛不起來啦！」之後就摔死了。

好朋友

獅子與老虎很氣北極熊騙人，所以便出發前往北極找北極熊理論，而當獅子與老虎經過幾個月路途到達後，毛當然就又長了出來，於是碰面後，北極熊便對獅子與老虎說：「真的，不信你們可以問企鵝。要不然你們再拔一次就知道了！」

於是獅子與老虎半信半疑的又開始拔起毛來，隨後趕到的烏龜也加入了大家。最後，大家得到相同的結論：「果然好冷！」

有一隻企鵝，他的家離北極熊家特別遠，要是靠走的話，得走二十年才能到。

有一天，企鵝在家裡發呆特別無聊，準備去找北極熊玩，於是牠決定出門了，可是走到路的一半時發現自己忘記鎖門了，這就已經走了十年了，可是門還是得鎖啊，於是企鵝又走回家去鎖門。

鎖了門以後，企鵝再次出發去找北極熊，於是他花了四十年才到了北極熊他們家……然後企鵝就敲門說：「北極熊北極熊，企鵝來找你玩了！」

結果北極熊開門以後說：「我們家有點亂，還是去你家玩吧！」

原來

說有一隻北極熊，因爲雪地太刺眼了，必須要戴墨鏡才能看東西，可是他找不到墨鏡，於是閉著眼睛爬來爬去在地上找，爬呀爬呀，把手腳都弄得髒兮兮的才找到墨鏡。戴上墨鏡，對著鏡子一照，這才發現：「哦，原來我是一隻熊貓。」

價值

小驢問老驢：「爲什麼我們天天吃乾草，而乳牛卻餐餐都有精選飼料？」

老驢歎道：「我們肯定比不了……」

「因爲我們是靠跑腿吃飯，人家是靠胸脯吃飯！」

規定

熊貓遇到從超市裡怒氣沖沖出來的袋鼠，問道：「怎麼了？氣成這樣？」

袋鼠喘著氣說：「警衛不許我進去，除非我先將包包存放到置物櫃！」

變裝

母老鼠懷疑公老鼠有外遇，一天就跟蹤牠，公老鼠鑽進草叢中，一會出來一隻刺蝟，母老鼠一把揪住刺蝟：「還說沒外遇，說！打扮成這樣要去勾引誰？」

吹牛

四隻老鼠在聊天吹牛：

甲：「我每天都拿老鼠藥當糖吃。」

乙：「我一天不踩老鼠夾腳就發癢。」

丙：「我每天不過幾次大街心裡不踏實。」

丁：「好了！好了！時間不早了，我該回家抱貓去了。」

能力

一隻老烏龜訓練一群小烏龜做俯地挺身，其中一隻很容易地做完了一百個並吹噓「這算什麼」，老烏龜蔑視地說：「有能耐你做兩個仰臥起坐試試！」

趕時髦

熊每天上山鍛鍊身體，一隻烏龜也想上山，熊說：「好，你把你四條腿縮進殼裡，我抓你上去。」

熊剛到山上，一隻鳥看見了狂笑：「你還真趕時髦，手裡拿了個翻蓋手機。」

放肆

一群螞蟻爬上了大象的背，但被搖了下來，只有一隻螞蟻死死地抱著大象的脖子不放，下面的螞蟻大叫：「掐死牠，掐死牠，好傢伙，居然敢搖我們下來。」

常客

小孩把妓院養的鸚鵡偷回家，一進門，鸚鵡便叫：「搬家啦！」看見他媽媽又叫：「老闆也換啦！」看見他姐姐又叫：「小姐也換了！」看見他爸爸又叫：「還有老客人！」

聰明

一隻小狗爬上小明的餐桌，向一隻燒雞爬去，小明大怒道：「你敢對那隻燒雞怎樣，我就敢對你怎樣。」結果小狗舔了一下雞屁股。

骨肉

小明走在路上，一母狗撲向他從他的腳上咬了一塊肉，迅速吞下去，小明伸腳正要踢牠的時候，狗含著淚說：「你打吧，反正我肚裡已經有了你的骨肉！」

害羞

一隻老鼠被貓追趕，誤入花店。老鼠發現無路可逃，順手抱起一束玫瑰花當武器，作頑強抵抗……貓嚇了一跳，立刻低下了頭，羞澀地說：「死鬼，太突然了……。」

現實

蜜蜂狂追蝴蝶，蝴蝶卻嫁給了蝸牛。蜜蜂不解：「他哪裡比我好？」

蝴蝶回答：「人家好歹有自己的房子，哪像你住在集體宿舍。」

好職業

老鼠沒有女朋友所以特別鬱悶，終於一隻蝙蝠答應嫁給他，老鼠十分高興。別人笑他沒眼光，老鼠：「你們懂什麼，她好歹是個空姐。」

不小心

朋友問蝙蝠怎麼會下嫁給老鼠，蝙蝠眼含淚光，意味深長的說：「唉！那天牠吃了威而剛，火力勇壯，一下就蹦上天花板，讓牠得了手。」

心機

螞蟻懶洋洋地躺在土裡，伸出一隻腿，朋友就問牠說到底在幹嘛呢？螞蟻說：「待會大象來了，絆牠一個跟頭。」

也是客

喜鵲來，媽媽說這是喜鳥是客；
燕子來，媽媽說這是益鳥是客；
烏鴉來，孩子問你也是客人嗎？
烏鴉叫：是的，吾乃駭客！

不一樣的大爺

飛機上，一隻鸚鵡對空姐說：「給大爺我來杯水！」
豬也學鸚鵡，對空姐說：「給大爺我來杯水！」
空姐大怒，將鸚鵡和豬都扔下了飛機。
這時鸚鵡對豬說：「傻蛋，大爺我會飛！」

穿褲子

有個老農夫在地裡鋤地，一隻烏鴉飛過，拉了泡屎掉在老農夫臉上，老農夫抬頭大罵：「王八蛋，出門也不知道穿條褲子！」

烏鴉說：「王八蛋！你拉屎穿褲子呀！」

狠角色

一農戶明天殺雞，晚上餵雞時說：「快吃吧，這是你最後一頓！」

第二日見雞已死了並留有遺書：「我已經吃了老鼠藥，你們也別想吃我，我他媽也不是好惹的！」

血脈

一隻蚊子叮在左胳膊上大喝了一通，我被叮醒了，在我掄起右手要打蚊子的一剎那，蚊子對我說：「我身體裡可流著你的血！」

小明

小明拉著一頭豬逛街，很幸福的樣子。小華經過，滿懷同情地說：「看一個人的檔次，就看他跟誰在一起。」話未說完，就看到豬很鄙夷地棄小明而去。

安慰

蜈蚣被蛇咬了，為防毒液擴散必須截肢！蜈蚣想：「幸虧我腿多！」

大夫安慰道：「兄弟，想開點，你以後就是蚯蚓了……」

男朋友

母鼠甲拿著一張蝙蝠的照片：「這是我的男朋友。」

母鼠乙：「太醜了！」

母鼠甲：「可是牠是飛行員呢！」

好鬥

有一個人的鸚鵡很好鬥，放一隻麻雀進去，麻雀死。又放一老鷹，鷹也死！但鸚鵡的毛卻沒有了！鸚鵡說：「這鷹還挺厲害的，不脫掉衣服還打不過牠！」

螃蟹

一天有隻老虎追一隻螃蟹，追著追著螃蟹不見了，老虎回頭發現樹上有一隻蜘蛛，老虎笑著說別以爲你上了網我就不認識你了。

採訪

動物園有十隻企鵝，你奉命採訪企鵝每天都做什麼。頭九隻都說吃魚和打啵啵。最後一隻卻只吃魚，你問爲什麼？最後一隻答道：「我叫啵啵。」

計劃

老鼠的夢想：把貓都拖到洞裡咬死。

烏鴉的抗議：天下黑的就是我們嗎？

狼的計畫：明天弄張羊皮披上。

暗器

狼入侵，小動物緊急成立敢死隊對抗。

螳螂：「我有雙刀！」

刺蝟：「我滿身都是暗器。」

天牛邊晃觸角邊唱：「我只用雙節棍，哼哼哈嘻！」

分工合作

狼來了，豬窩裡亂成一團，豬媽媽安排「大豬快去堵門！二豬去堵窗！」當看到小豬時，豬媽頓時火大了，大叫：「老三，不要看簡訊啦！你肉多，出去把狼引開！」

姿勢不同

一群公河馬冒著被鱷魚吃掉的危險渡河向母河馬求愛，過河後，發現都被鱷魚閹掉了，唯一一隻倖免，那隻解釋道：「傻了吧！誰叫你們都是蛙泳，而我是仰泳。」

原來是這樣

眾公雞追母雞引頸長鳴，一公雞眼睛紅紅不語，母雞心動。新婚，母雞：「你真酷，當時怎不叫？」公雞：「那天喝多了……怕吐。」

沒人知道

一隻豬和一隻企鵝被關在負二十度的冷凍庫裡，第二天企鵝死了，豬沒事。爲什麼?你不知道?對了，豬也不知道!

噴氣式

天空中呼嘯地飛過一架噴氣式戰鬥機，小鳥看到後很驚奇，小鳥：「媽媽，那隻鳥怎麼飛得那麼快？」

鳥媽媽：「你在屁股上放把火試試。」

打官司

小鯉魚問媽媽：「爸爸做什麼去啦？」

魚媽媽憤憤不平地說：「哼！打官司去了，殺千刀的廚師請你爹洗三溫暖，幸虧你爹眼力好，發現那是油。」

不同角度

一天蟑螂家的老大哭著對父母說，為什麼別人都說我是害蟲呢？就在這個時候，弟弟也剛好從外面回來了，高興地說，別人見到我都和我打招呼：「Hi，蟲！」

算術

八哥會算術。一人問一加一？八哥答二；

一加二？八哥答三；

一加三？八哥思考，那人傲慢：四！

八哥驚喜：「你都會搶答啦？」

午餐

一個鐵甲武士在樹邊睡覺，突然跳出兩隻獅子，公獅子對母獅子說：「親愛的我們又有午餐了。」
母獅子回答：「又是罐頭沒胃口！」

好消息

一隻螞蟻對大象說：「我有了，是你的！」
大象聽後暈了過去，醒後對螞蟻說：「我還想要一個！」
螞蟻聽後被嚇死了！

悲劇

小蚊子哭著回家，媽媽問怎麼啦？
小蚊：「爸爸死啦！」

蚊媽媽：「他沒帶你去看演出？」

小蚊子：「看了，可是觀眾一鼓掌，爸爸沒躲開。」

事業

蜜蜂妹很喜歡炫耀自己的蜘蛛男友：「他好歹有個自己的個人網站。」

打獵

獵人獵熊，未果，爲活命，順從熊，被熊辱。

次日，爲雪恥挾更強武器再獵，依然未果，依被辱。

數次之後，上山再獵時，熊苦笑說：「你是來打獵還是賣淫呢？」

羨慕

袋鼠和青蛙去嫖雞，袋鼠三下兩下完事，只聽隔壁的青蛙整夜一二三嘿！一二三嘿！袋鼠好生羨慕，次日，袋鼠說：「哇！蛙兄，你好棒哦！」

青蛙說：「氣死我了！老子一夜都沒跳上床！」

一輩子

螞蟻和大象結婚了，可是沒幾天大象就死了，螞蟻非常傷心，一邊哭一邊罵道：「親愛的，你怎麼走在我前面了呢，這輩子我他媽不用幹別的事了，就只能埋你了！」

警犬

一條警犬看到馬路上過來一條普通狗，就氣勢洶洶地跑去質問牠：「我是警犬，你是什麼東西？」

普通狗不屑一顧地看看牠說：「蠢貨，看清楚點，老子是便衣！」

離婚

長頸鹿嫁給了猴子，一年後長頸鹿提出離婚：「我再也不要過這種上躥下跳的日子了！」

猴子大怒：「離就離！誰見過親個嘴還得爬樹的！」

新婚

螞蟻和蜈蚣結婚了，次日別的螞蟻問其感覺，此蟻煩惱地說：「累死我了，忙了一夜的掰開每條腿。」

爸爸

小蚯蚓對媽媽說：「爲何總看不見爸爸呀？」

媽媽摸著小蚯蚓的頭，幽幽地歎了一口氣說：「他和漁夫釣魚去了。」

不良少年

熊貓深愛著小鹿，表達愛意時卻遭到拒絕，熊貓大吼：「這一切都是爲什麼？」

小鹿膽怯地說：「我媽說了戴墨鏡的都是不良少年。」

犯錯

一隻鸚鵡總滿嘴髒話，並屢教不改。主人氣急了便把牠關入冰箱，待取出時牠規矩地向主人道歉後小心地問道：「你能告訴我裡面那隻雞做錯了什麼嗎？」

各有原因

熊貓：「我們的爺爺奶奶都戴著眼鏡，所以叫熊貓。」
袋鼠：「口袋裡沒有錢，袋再大也只是一隻袋鼠。」
蜜蜂：「蒼蠅與我們不同的只是口味。」

模仿

一天，公牛狠狠地把猴子打了一頓，旁邊的驢子不解地問公牛：「你打牠幹什麼呀！」
公牛怒道：「那個傻瓜竟學著人的模樣，提著木桶來擠我老婆的奶！」

垂釣

小魚：「媽媽，岸邊那些整天呆坐的人在幹嗎？」

魚媽媽：「他們呀！一次次收線，一次次失望，他們是被我們垂釣的人。」

走投無路

貓半夜被敲門聲驚醒，開門見是隻老鼠。

貓怒問：「你找死？」

老鼠顫抖地說：「大哥，買份保險吧，任務太重，我實在是走投無路，才敲你門啊！」

有錢人

老麻雀問大雁：「你這是飛著去哪啊？」

大雁：「飛去南方過冬。」

老麻雀拍拍身邊小麻雀的頭說：「看看，這就是有錢人過的生活啊！」

貓與老鼠

貓因生活所迫在狐狸開的髮廊裡坐檯，一日老鼠到髮廊點名要將貓包夜，貓誓死不從，老鼠怒道：「當初追老子追得死去活來，現在送上門了還假正經！」

耳環

小魚纏著媽媽要項鍊，魚媽媽煩：「要什麼要，你姐姐的教訓還不大嗎？非要耳環，結果怎麼樣，被漁夫釣上去了吧！」

情網

「媽媽，雖然你們反對，可是我還是忘不了他，我的眼中只有他。」

「傻孩子，別陷入情網了。我們是老鼠，他可是滑鼠啊！」

事故

一隻蝸牛正在路上行進，結果後面來了一隻烏龜從他身上輾了過去，蝸牛被送醫急救。員警問他當時的情況，蝸牛回答：「我不記得了，他的速度太快了……」

獵人

一獵人打獵，看到樹上有兩隻鳥，舉槍打下一隻，發現是隻沒毛的。正納悶呢，另一隻鳥飛下來大罵獵人：「你他媽的，老子剛把她扒光，你就把她打下來了。」

豬腦袋

一隻麻雀不小心在一頭豬的頭上拉了泡屎，豬很生氣，麻雀就飛下來對豬說：「對不起，我不是故意的，我給你看個笑話吧，別生氣了。」說完麻雀就在地上畫了個圈，然後飛走了。

豬看了半天沒明白什麼意思，於是拍拍自己的腦袋說：「難怪別人都說我笨呢！」

同行

屎殼郎與蚊子談戀愛。

郎：「你什麼職業？」

蚊：「護士，打針的，你呢？」

屎殼郎笑道：「緣分吶，同行，我是中藥局裡捏藥丸的。」

第一次

小老虎紅著臉問小松鼠：「請問我可以吃你嗎？」
小松鼠覺得蠻好玩的說：「你是第一次吃動物嗎？」
小老虎更不好意思了說：「是的，媽媽不在家了，以前我是吃奶的。」

胡蘿蔔

狼病了，兔子帶了胡蘿蔔去看牠。
狼：「來就來吧，還帶什麼禮物啊！」
兔子：「來看看你，可是牠們說也許您不會喜歡這個。」
狼：「我非常喜歡你的禮物，胡蘿蔔先生。」

戒指

雌鳥淚流滿面，雄鳥怒氣衝天的說：「我跟你講了多少遍了，這個指環是鳥類研究站的人給我套上的，不是結婚戒指！我還沒結婚！」

玩鳥

某商店養了隻鸚鵡，顧客進門就說歡迎光臨，一少女不信就走了六次，鸚鵡連著說了六次，第七次時鸚鵡大怒說：「老闆，有人玩你的鳥！」

委屈

雞跟牛發牢騷：「人讓我們多下蛋，自己卻計劃生育，太不公平了！」

牛說：「你那點委屈算什麼，那麼多人吃我奶，誰管我叫媽了。」

情話

夜深人靜，兩隻壁虎正在天花板上卿卿我我，雌壁虎深情的對情郎說了一句話，雄壁虎竟跌落在地不省人事！原來她說：「抱抱！」

鳳凰

麻雀問烏鴉：「你是什麼鳥？」

烏鴉說：「我是鳳凰。」

麻雀：「有你這麼黑的鳳凰？」

烏鴉白了麻雀一眼說：「我是燒鍋爐的鳳凰！」

當官的

毛毛蟲找了個螳螂當男朋友，媽媽不同意，說他有暴力傾向，毛毛蟲不高興了，撅著嘴說：「再怎麼樣，人家還是個四品帶刀侍衛呢！」

過勞

兩隻母雞從一隻公雞身旁走過，其中一隻說：「他最近怎麼總是無精打采的？」

另一隻說：「做生意累著了！」

第一隻母雞好奇的問：「賣什麼？」

第二隻歎口氣說：「雞精。」

營養

獅子和熊分別在果樹旁便便，一個月後，獅子便便的樹比熊便便的樹長得粗壯，於是熊說了句話：「獅屎勝於熊便啊！」

不忠

有一天，一隻公雞在院子裡，追著母雞咬，你說這是爲什麼？

答案：母雞下了一顆鴨蛋。

實現願望

蝙蝠立了大功天神給牠三個願望。牠的願望是：

一、全身變白

二、可以吸血

三、可以與美女有更親密的接觸。

於是天神將牠變成了衛生綿。

紀錄

母雞下了一隻特大號的蛋，記者前來採訪，母雞含羞不好意思，記者又去採訪公雞，公雞擄起袖子說：「等我找到那隻駝鳥再說！」

開玩笑

有一頭小獅子飛奔過草原去抓旅客。獅媽媽訓斥道：「你給我站住！我不是常常告訴你嗎？別跟食物開玩笑！」

果然是冠軍

有一年舉行鸚鵡說話比賽，獲得第一名的鸚鵡叫可哥。牠從籠子裡走出來，四面張望了一下，大聲叫道：「這兒爲什麼有這麼多的鸚鵡？」

實習

有一個女生去牧場見習擠牛奶，當別人都擠了一桶了，她還只擠了一點，正著急，突然老牛說了：「小姐，你擠錯地方了！」

點燈

螢火蟲因耍流氓被拘留，螢火蟲不服：「誰放電了？誰裸奔了？誰有暴露狂啦？廁所這麼黑還不許我點燈？」

工作

一隻小甲魚對老鼠說：「我在一家高級飯店的廚房工作。」

老鼠笑道：「又來胡扯！」

甲魚認真起來說：「不騙你，那兒把我的洗澡水端去做湯了。」

狂牛症

一天兩隻牛在對話。

甲：「你說英國那邊的狂牛症會傳染到我們這兒嗎？」

乙：「怕什麼，我們是袋鼠怎麼會被傳染？」

甲：「我靠……」

變身

一虎追羊，羊跳於水中，一會兒一隻烏龜爬上岸，虎一腳踏上，說：「好傢伙！不要以爲你穿上馬甲我就不認識你了。」

燕窩

燕子太太：「昨天我老公喝醉吐得整個窩都是。」

鄰居：「真是好噁心喔！」

燕子太太：「更噁心的還有，今天一早人類就把我家拿去，說要吃燕窩。」

暱稱

小豬成立俱樂部，說：「會員都要叫暱稱，叫我小豬豬！」

小狗：「叫我小狗狗！」

小貓：「叫我小貓貓！」

小雞紅著臉，故做鎮靜地說：「真沒意思，我有事，先走一步。」

上課

小魚問媽媽道：「媽媽，爸爸哪去了啊？」

魚媽媽摸著孩子的頭說：「你爸爸去上課去了！據說課程的內容是觀察人的消化系統！」

禱告

小明旅行遇見獅子。獅子竟跪下來雙手合十。小明覺得很奇怪於是照做，獅子抬起頭：「我不曉得你在幹嘛！不過可以告訴你，我在做餐前禱告！」

告密

小毛蟲給雀小姐發現了，連忙哀求道：「不要吃我，我告訴你我同伴的住處，牠們比我肥美的多呢！」

雀小姐答：「不必了，我正在減肥。」

原來如此

小蛤蟆看見了青蛙，便問媽媽：「那叔叔長得和我們一樣，可是爲什麼是綠皮膚？」

蛤蟆媽媽：「噓！小聲點，那是因爲他老婆和別人過情人節去了！」

緣份

相士對青蛙王子說：「你就要碰到一位美麗少女，她會情不自禁地想要深入瞭解你，接近你。」

青蛙王子：「她在哪裡？」

相士：「生物課上。」

請問

鴕鳥初次見長頸鹿就死盯著看，長頸鹿害羞地撒腿就跑，鴕鳥狂追。

長頸鹿：「別急啊……我們才頭一回見面。」

鴕鳥：「我只是想問……你用了什麼牌子的脫毛劑？」

各有千秋

鼠：「我現在和蝙蝠談戀愛，以後孩子們就生活在天上，不怕你們貓了。」

貓冷笑一聲，指著貓頭鷹說：「看見沒有，他就是我和鷹的愛情結晶。」

你到底是誰

牛給羊打電話，羊：「喂，你誰呀？」

牛：「我cow。」

羊：「靠，你誰？」

牛：「靠，我cow。」

羊：「靠，你到底誰？」

牛：「靠，我cow，我cow，靠！」

新生兒

年輕的猴夫婦生下了第一個孩子。猴爸爸望著孩子的模樣有些不知所措。猴媽媽說：「別擔心親愛的，剛生下來的孩子長得都有點

兒像人！」

騙子

狼剛失戀，覓食時路過一間小屋，聽到一男人教訓自己的孩子：「再哭，就把你扔出去餵狼！」

小孩在屋裡哭了一夜，狼在外面守了一夜，早上起來，狼哽咽得說：「男人，男人都是騙子！」

討厭

一隻大象問駱駝：「你的咪咪怎麼長在背上？」

駱駝說：「死遠點，我不和雞雞長在臉上的東西講話！」

說話

某甲教鸚鵡說話：「我會走。」
鸚鵡：「我會走。」
甲：「我會說話。」
鸚鵡：「我會說話。」
甲：「我會飛。」
鸚鵡：「你別逗了。」

耐心

貓就在老鼠洞口守著，心想：「小子，我不信你不出來。」
沒多久出來了一隻刺蝟，貓上去一把就把牠按住了說：「好傢伙！噴了髮膠就以爲我不認識你了！」

好問題

兩條蛇一起走。

小蛇：「我們到底是不是毒蛇？」

大蛇：「爲什麼問這樣的問題？」

小蛇：「我剛才不小心咬了自己的舌頭。」

報警

有兩隻小鳥看見一個獵人正在瞄準牠們，一隻說：「你保護現場我去叫員警！」

法院

三隻鴨子因爲行爲不檢被送進動物法院。

院長獅子問第一隻鴨子：「你叫什麼名字？」

「噶噶。」第一隻鴨子說道。

「爲什麼被捕？」

「游泳，玩水泡。」

獅子聽了道：「還好嗎，控訴撤銷，你可以走了。」

獅子又問第二隻鴨子：「你叫什麼名字？」

「呱呱。」

「爲什麼被捕？」

「游泳，玩水泡。」

「還好嗎，控訴撤銷，你也可以走了。」

獅子又問第三隻鴨子：「你叫什麼名字？」

「水泡。」

興趣

動物園裡，一位女士問飼養員：「那匹河馬是公的還是母的？」

這時，另一匹河馬湊過來道：「太太，除了我之外，任何人不會對此問題產生興趣的。」

缺陷

一頭母駱駝對另一隻駱駝訴說心裡話：「哎，我真不幸，我那唯一的寶貝女兒有嚴重的生理缺陷。」

「她怎麼了？」

「她不駝背啊！」

野餐

屎殼郎一家去郊外野餐，屎殼郎媽媽問：

「親愛的，你帶吃的了嗎？」

「帶什麼吃的，你沒看見周圍都是乳牛嗎？我們去牠屁屁下等就好了。」

結果，屎殼郎一家淹死了。

亂吃

蛀蟲甲：「你嘴真臭！吃什麼了？」
蛀蟲乙：「不小心爬到襪子堆裡去了。」

好方法

蚯蚓一家這天很無聊，小蚯蚓就把自己切成兩段打羽毛球去了，
蚯蚓媽媽覺得這方法不錯，就把自己切成四段打麻將去了，
蚯蚓爸爸想了想，就把自己切成了肉末。
蚯蚓媽媽哭著說：「你怎麼這麼傻？切這麼碎會死的！」
蚯蚓爸爸虛弱地說：「……突然想踢足球。」

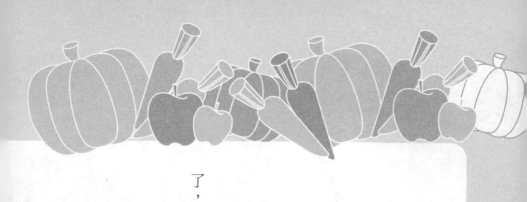

好方法二

蚯蚓爸爸負傷後，全身繃帶躺在醫院裡，蚯蚓媽媽每天負責給爸爸餵飯。

蚯蚓媽媽一直發愁爸爸不肯吃飯，護士就提議扳開嘴硬往裡灌，蚯蚓媽媽照做了。

蚯蚓爸爸出院後說：「這醫院真夠嗆，不給飯吃就算了，還天天灌腸！」

解釋

一隻蟑螂在路上走，走著走著突然說，我強啊！

一隻蜘蛛在路上走，走著走著突然說，我還是想趴網上啊！

一隻魚在路上走，走著走著突然說，我喜歡天天潛水啊！

一隻老鷹在路上走，走著走著遇見了狗熊，走著走著突然說，我倆演鷹熊啊！

一隻蚯蚓在路上走，走著走著突然說，我怎麼找不到腿啊？

智取

老虎欲捕食猴子，猴子說：「我身子小，沒有肉，不夠你吃。前面山上有一個大獸，可以讓你飽餐一頓，我帶你去。」

一同來到前山，一隻大梅花鹿見了，知道老虎想吃牠，就大喝一聲：「你這小猢猻，說了送給我十二張虎皮，今天才拿一張來，還有十一張呢？」

虎大吃一驚，急忙逃跑，嘴裡罵道：「這小猢猻太可惡了，竟然拐騙我來抵舊帳！」

抽背

上課老師抽查背課文，小豬，小狗，小貓都舉手了，老師會叫誰？

小狗，因為旺旺仙貝。

酬勞

蝴蝶，螞蟻，蜘蛛，蜈蚣，他們一起工作，最後哪一個沒有領到酬勞？

蜈蚣，因為無功不受祿。

禮物

眼鏡蛇和大象約會，寒暄一番後說：「來就來，還牽這麼大頭豬，真是客氣了。」

眼睛

兩隻水母在海邊相撞在一起，水母甲：「搞甚麼嘛！你游泳不長眼睛啊！」

水母乙：「甚麼是眼睛啊？」

水母甲：「我也不知道，上次和別人撞到的時候他這樣罵我的。」

水母乙：「喔！是這樣喔！」

整容

兩隻青蛙相愛了，結婚後生了一個蛤蟆，公青蛙見狀大怒說：

「賤人，怎麼回事？」

母青蛙哭著說：「孩子的爹，認識你之前我整過容。」

決勝

鴨子和螃蟹賽跑，一起到達終點，難分勝負，裁判說：「你們來個剪刀石頭布吧。」

鴨子大怒：「媽的，算計我？我一出是布，他總是剪刀。」

誤解

老鱉調戲河蚌，被咬，老鱉忍痛拖著河蚌來回爬，青蛙見了敬佩的說：「乖乖，鱉哥混真好，出入都夾著公事包。」

不好聽

小兔說：「我是兔娘養的！」

小豬說：「我是豬娘養的！」

小雞說：「我是雞娘養的！」

小狗說：「你們聊，我先走了！」

不好聽二

貓對我說：「我是你奶奶的貓，好聽！」
狗對我說：「我是你奶奶的狗，也好聽！」
魚對我說：「我是你奶奶的魚，也很好聽！」
熊說：「你們聊，我先走了！」

不滿足

猴子進了玉米地，右手掰下一個，夾在左腋下，又發現了個更好的，於是左手再掰一個夾在右腋下，如此反覆，猴子忙了半天，仍然沒有停下的跡象。這時在一旁放哨的同伴急了：「行了行了，找到好的了嗎？」

掰玉米的猴子回過頭來，認真地說：「沒有最好，只有更好！」

好喝

一隻老鼠爬到了油瓶口，將尾巴伸進瓶裡，油順著尾巴一滴一滴往下滴，另一隻老鼠在下面貪婪地吃著，捨不得離開。放哨的老鼠急了：「喝夠了沒？味道怎麼樣啊？」

喝油的老鼠擦擦嘴：「滴滴香濃，意猶未盡！」

喜宴

螞蟻和大象準備結婚，大象跟螞蟻商量：「我們是不是就不辦酒席了？」

螞蟻問道：「爲什麼？」

大象看了看厚達一本書的客人名單道：「你們家的親戚實在太多了啊！」

螞蟻哼了一聲道：「我們家的親戚多怎麼了，我們家這麼多親戚加起來還抵不過你們家一個親戚吃得多呢。」

不孕症

驢和騾子結婚了，過了好幾個月，驢對騾子道：「你是不是應該去醫院看看了啊？」

騾子問：「怎麼啦？」

驢道：「我懷疑你有不孕症。」

四肢不全

蛇和蜈蚣相親，蛇看了一眼蜈蚣道：「哎呀！媽啊！你怎麼這麼多腿呢？這得花多少錢買鞋啊！」

蜈蚣一聽不高興了，就說：「哼！好傢伙，還嫌我腿多，我沒嫌你四肢不全就不錯了！」

埋怨

白頭翁和貓頭鷹結了婚，貓頭鷹整天唉聲歎氣道：「哎！我真倒楣，竟然嫁給了一個頭髮花白的糟老頭子。」

白頭翁也氣哼哼地道：「你倒楣？我還倒楣呢！你白天睡覺，晚上是整夜不睡覺，還咕咕地叫，弄得我每晚都失眠，搞得我神經衰弱，你說我的頭髮能不白嗎？」

結婚目的

寄居蟹和蜘蛛新婚之夜，寄居蟹很害羞地問蜘蛛：「告訴我，你娶我不是看上了我的房吧？」

蜘蛛也問道：「那你告訴我，你嫁給我不是因爲我們家能上網吧？」

容易誤會

癩蛤蟆先生娶了蚊子小姐，晚上睡覺，蚊子撫摸著癩蛤蟆身上坑坑窪窪的皮膚道：「你得趕緊去做皮膚美容整形了，你看你身上一個包一個包的，讓外人看到還以爲是我叮的呢！」

俗話說

馬哥與牛妹戀愛了。一天在公園裡約會，馬哥想親吻牛妹。牛妹不允許。馬哥十分不解問：「你不愛我嗎？」

牛妹：「愛！」

馬哥：「爲什麼？」

牛妹：「可是牛頭不對馬嘴呀！」

私房錢

一日，狗哭喪著臉和貓聊天：「考古學家在主人花園發現了大量史前生物骨頭！」

貓：「那可是新發現啊！你怎麼這麼悲傷？」

狗哭道：「那可都是我的私房錢啊！」

買房

昨天，經過房產公司門口，看見有一隻壁虎在這家房產公司門口看房價，這時正好有一條大鱷魚遠遠爬了過來，小壁虎上前一把抱住了大鱷魚的腿，並大聲喊媽媽。大鱷魚老淚縱橫：「兒啊，爲省錢買房都瘦成這樣了。」

受不了

一隻小蜈蚣心情不好，他爸爸問：「你怎麼了？」
小蜈蚣說：「我說了怕你受不了。」
爸爸：「你說吧，我受得了。」
小蜈蚣於是擺動著他那一百多條腿說：「我想買鞋。」

心聲

熊貓：「哈哈，想要風光嗎？學我爺爺奶奶他們啊，熊和貓結婚。」
恐龍：「不好意思，死得太早了，讓你們傷腦筋了！」
狐狸：「媽的，明明是高級香水，卻說我是狐臭。」

羊：「麻煩您了，教授，以後講到我尾巴時別用簡稱。」
袋鼠：「唉，沒錢，口袋再大也還是鼠！」
猴子：「你想紅起來嗎？做我的屁股啊！」
老鼠：「唉，成天爲了點兒吃喝擔驚受怕的，能不老嗎？」
蒼蠅：「我和蜜蜂的最大差別在於口味不同。」
熊：「還是膽小些好啊！」
蜈蚣：「爲了省錢，我從來不穿鞋。」
螢火蟲：「誰要學放電？」
烏賊：「媽的，滿肚子墨水居然也會是賊嗎！」
蟬：「哼！不買票就別怪我亂唱。」
螳螂：「怎麼沒酒店雇我切菜呢？」

《狐狸和烏鴉》的結局：

瘦肉精版：狐狸叼走烏鴉的豬肉後，把豬肉帶回洞裡，與狐狸孩子們分享這塊來之不易的豬肉。吃完不久，狐狸便和牠的孩子們一命嗚呼了。牠至死也不知道，使牠斃命的就是那塊含有瘦肉精的豬肉。

清官版：烏鴉被狐狸叼走豬肉後，烏鴉的冤屈無處可訴，趁老虎大王出行之機，攔駕鳴冤。老虎大王聽完烏鴉的哭訴之後，拍案而起，批示要從速從嚴處理。於是，此事引起當地官員的高度重視，烏鴉一事遂解決——烏鴉要回了牠的豬肉。

作秀版：狐狸把烏鴉的豬肉叼走後，烏鴉馬上報警，黑貓警長正為破案指標發愁，一聽大喜，兵發大樹下，案遂破。烏鴉想要回豬肉，黑貓警長說，不行，要等到電視臺拍過交接儀式後，才能歸還。等到烏鴉要回牠的豬肉時，豬肉早已被蛆吃掉。

輿論版：當烏鴉的豬肉被叼走後，烏鴉向管理森林的各部門反映問題，但被當皮球踢。烏鴉投訴無門，求諸於《森林日報》，被《森林日報》曝光後，管理部門迫於輿論的壓力，只好把狐狸拘留，並把豬肉還回給烏鴉。

法院版：烏鴉的豬肉被狐狸叼走後，烏鴉向法院起訴狐狸，但法院的院長是狐狸的表哥，不但判烏鴉敗訴，而且判烏鴉賠償狐狸精神損失費豬肉兩塊、名譽損失費豬肉兩塊，另交上訴費豬肉一塊。烏鴉聽完判決，悲憤莫名，遂向森林商店賒農藥二兩，喝完了事。

囚禁版：豬肉被叼走後，烏鴉向當哥哥的刑警隊長打了招呼，於是狐狸被抓進森林看守所裡打得「一狐出世，二狐升天」，並被關了七年七月零七日，直到新警長上任，清理逾期羈押釋放出來時，早

已奄奄一息，離進棺材只差一步。

報警版：豬肉被狐狸叼走後，烏鴉去森林警署報警，員警黑熊說出警可以，但你必須花出警費豬肉五塊。烏鴉爲洩心頭之恨，咬著牙齒答應了要求。黑熊追回了豬肉，烏鴉要拿回豬肉，黑熊說，慢，你要送錦旗一面答謝我們，內容這樣就可以了：「兵貴神速追豬肉，奉公爲民謝黑熊」。

黑道版：烏鴉的豬肉被叼走，鄰居喜鵲聽到這個消息後，過來安慰烏鴉說，要不要請我的舅舅山豬出面？牠在黃鶯夜總會給獅子大王看場子，牠一出面，狐狸不但會把豬肉送還，而且還會賠禮道歉，另外叫牠再賠兩塊豬肉。烏鴉聽完大喜，請山豬出面，狐狸最後送還豬肉，還賠了烏鴉豬肉兩塊。

貪官版：狐狸把豬肉叼走後，烏鴉驚慌失色，馬上再帶上豬肉五塊去找狐狸，叫牠不要說出去，否則烏鴉將有麻煩，因爲當科長的烏鴉一年的薪水才半塊豬肉，牠哪裡來的那一大塊新鮮豬肉？狐狸應允，但要求烏鴉以後每月要提供一塊豬肉給牠改善生活。烏鴉答應每月給牠兩塊，但狐狸必須守口如瓶。狐狸狂喜。要知道，一塊新鮮的豬肉夠一個普通家庭生活五年。

律師版：豬肉被狐狸叼走後，烏鴉到處求爺爺拜奶奶，卻處處碰壁。烏鴉發誓要把豬肉要回，於是只有小學學歷的牠開始自學法律，邊學邊與狐狸打官司。幾年後，當牠把官司打完時烏鴉已經成爲一名知名的律師了。

朋友

一天幾隻動物聚到一起聊天，談各自眼中怎麼樣才算是朋友，老鼠第一個說：「朋友就是與貓不期而遇時，大喊一聲：『你先撤，

我掩護你！』然後再學兩聲狗叫把貓嚇跑的那隻老鼠。」

螃蟹：「朋友就是有人對我的走路姿勢說三道四時，大聲對我說：『走自己的路，讓別人去說吧！』的那隻螃蟹！」

烏龜：「朋友就是一直對我尊重有加，人前人後都直呼我爲『烏龜』而從不給我取外號的那隻烏龜！」

狗：「朋友就是落水之後，第一個跳到水裡並在眾人的喊打聲中，冒著生命危險把我馱上岸的那隻狗。」

公雞：「朋友就是在我一不小心下蛋之後，任別人如何說，都堅持我是一隻公雞的那隻雞。」

牛：「朋友就是一起犁地時，晃著膀子毫不惜力，累得直喘粗氣的那頭牛。」

熊：「朋友就是一起玩耍時指著我的腦門說：『瞧你那熊樣兒。』之後發出銀鈴般笑聲的那隻熊。」

孔雀：「朋友就是全身羽毛掉光之後，依然留在我身邊親親熱熱的那隻孔雀！」

青蛙：「朋友就是夏天和我坐在同一片荷葉上共唱『咕呱，咕呱，咕咕呱！』的那隻青蛙。」

猴子：「朋友就是我戴上帽子以後說我『像人』而不是『裝人』的那隻猴子！」

兔賊賊最後說：「朋友就是傷心時遞給我一根白菜，並安慰我說：『別傷心啦，我們吃飯吧！』的那隻兔子。」

股市裡的動物總動員

狐狸：「這位置太高了，有泡沫，我不追了。」

鯉魚：「要想跳過龍門變成真龍，你就必須跟風追漲啊。」

螃蟹：「呵呵！當心！我可是專門製造泡沫的哦。」

青蛙A：「你們都不知道，我們這井底別有洞天，是真正的價值窪地啊，非常有發展潛力。」

青蛙B：「我都待得這麼久了，這裡的水總是不漲，不知道要多少個漲停板我才能跳出去喲。」

青蛙C：「唉！其實我不想來這地方，只是那天我不小心踏空了，掉了下來。烏龜老兄，你的盤子太大，想動一動，嗯，我看不容易。」

海龜：「哼！你的盤子小，所以啊動不動就會被人操弄，不得安寧。」

猴：「嗨！大家看看我的臀部，是不是大家說的紅股啊？」

斑馬：「我既是黑馬股也是白馬股，難得的題材啊！」

馬：「我被套了，誰幫我解套啊？」

蜥蜴：「我也被套牢了，沒辦法，丟根尾巴，割肉了。」
蝸牛：「慢比較好，穩啊！」
寄居蟹：「借殼上市，是我的最好選擇。」
斑點狗：「從我出生上市的那天起，我的點數就沒有增加過。」
猴子：「朝三暮四，哈哈，不錯，上漲了一點。」
屎殼郎：「其實炒垃圾股也是不錯的。」
魷魚：「股票是一種投資，不是炒股，我最討厭『炒』這個字了。」
兔子：「大家要小心，前面的那棵樹，有個農夫在那裡，都跑慢點，別撞上了。」
螞蟻：「我們搬家是爲了資產重組，只有未雨綢繆才能抵禦風險。」

蝌蚪：「等我完成了股改，我就成爲青蛙了。」

醜小鴨：「等我公佈了年報，你們就會發現其實我是一隻天鵝。」

母雞：「業績預增公告，今年一季度我下了四十顆雞蛋，以每顆雞蛋孵出一隻母雞，每隻母雞一個季度能下四十顆雞蛋計，今年一季度業績預增不低百分之一千。」

笑話

一群動物過江，到了江心船突然開始進水，必須有一部分下水才行。

聰明的猴子想了一個主意，讓各人講一個笑話，若講出的笑話不能讓所有人發笑，就要把講的人扔下水。

於是開始抽籤，結果是從貓第一個講，然後是猴子、雞……貓費盡心思講了一個笑話，結果所有的人都笑了，只有豬不笑。無奈動物們只得把貓扔下了水。

猴子的笑話更是讓人笑的前仰後合，但是豬還是不笑，猴子也只得去餵魚。

雞害怕了，連聰明的猴子都難逃此劫……

孰料豬此時笑了，眾動物怪曰：「雞還沒講，你笑什麼？」

豬曰：「貓的笑話真好笑！」

特長

小老虎到了戀愛的年齡，他去相親，對方很挑剔，問他：

「你有車嗎？」

小老虎黯然地搖搖頭。

「你有房嗎？」

小老虎又黯然地搖搖頭。

「你有球證嗎？」

小老虎再次黯然地搖搖頭。

「那你有什麼特長嗎？」

小老虎猛然抬起頭，興奮地說：

「我會泡酒！」

好方法三

小蚯蚓帶同學去家裡玩，席間同學忍不住問道：「叔叔，您這一身傷疤是怎麼弄的？還一圈一圈的？」

氣氛頓時凝固，蚯蚓爸爸歎息不語。同學自知說錯話了，趕緊轉移話題：「叔叔您喜歡足球嗎？」

台灣天然有機發笑

ORGANIC

有機發笑：天然ㄟ尚好

World's Best Laughs

百看不厭的小笑話

復仇

麵條被饅頭海扁，找表哥速食麵去報仇，速食麵看見饅頭的表弟豆沙包就一頓暴打，回來後對麵條說：「放心，我把它表弟的屎都打出來了。」

由來

從前，有一種胖得像包子一樣的饅頭。

見義勇為篇：一天，丸子正在過馬路，一輛汽車飛馳而過，饅頭奮不顧身地衝上去救丸子，結果，世界上多了一種食品——比薩。

浪漫篇：饅頭愛上了香腸，他們發誓永不分離，於是世界上多了一種食品——熱狗。

有機發笑：天然ㄟ尚好

World's Best Laughs

無辜篇：一天，饅頭看見哥哥在和肉團、生菜打架，於是上去勸架，結果世界上多一種食品——漢堡包。

強壯篇：饅頭覺得自己的身體不夠強壯，於是每天堅持喝牛奶、吃雞蛋，鍛鍊身體，經過不懈的努力，他終於變成了——餅乾。

成長篇：饅頭小的時候是——旺仔小饅頭。

休閒篇：饅頭去大眾澡堂泡澡，一隻山羊也來洗澡，於是他們變成了——羊肉泡饃。

恐怖篇：饅頭有夢遊的習慣。一天早上，饅頭突然發現睡在自己身邊的丸子不見了，他找了半天也沒找到丸子。洗臉的時候，他無意中照鏡子，發現自己成了一個——包子。

奮進篇：饅頭到國外留學，回來以後，他變成了——麵包。

不自量力篇：某天，饅頭去找菜刀單挑，結果他變成——刀削麵。

倒楣篇：某天，饅頭不小心掉到油鍋裡，結果他變成了——油條。

新娘

兩個餃子結婚了，送走客人後新郎回到臥室，竟發現床上躺著一個肉丸子！新郎大驚，忙問新娘在哪？肉丸子害羞的說：「討厭，人家脫了衣服你就不認識啦！」

神氣

雞翅和鴨翅在一起咬耳朵，雞翅說：「魚翅那小子最可恨了，仗著自己下過海，就哄抬身價！根本就不把我們放在眼裡。」

鴨翅點頭附和道：「瞧它那個樣子，神氣個什麼勁，不就一個『水貨』嗎？」

身價

白開水在礦泉水面前大發感慨：「這年頭，有錢能使鬼推磨，你瞧咖啡那黑不溜秋的傢伙，仗著自己的身價上漲，狠賺了不少，現在都娶到老婆了。哪像我們倆，一窮二白，一直單身！」

礦泉水半信半疑地問：「那它老婆叫什麼啊？」

「咖啡伴侶！」

狂熱

酒杯問酒：「爲什麼你們家都是美女，一個男人也沒有啊？」

酒感到莫名其妙：「你少在這胡說八道！」

「誰胡說八道了？要不那些男人爲什麼一抱你們就不肯放手，對你們都這麼狂熱呢？」

保養

饅頭在街上碰到包子，馬上恭維道：「美女，什麼時候去燙了個新髮型？還真不錯啊！」

包子樂了，立刻投桃報李道：「哪有，還是你的皮膚好啊，這麼柔嫩光滑，哪像我，臉上這麼多褶子。看來我得去拉拉皮了！」

有益健康

杯子好心地對冰棒說：「兄弟，叫你注意身體，多穿點，你就不信。你看，都冷汗直冒了吧？」

冰棒不以為然地說：「沒事，現在我們口袋裡有錢了，常出來蒸蒸三溫暖，出出汗，對身體好！」

原生態

大蒜十分氣憤地指著旁邊的蒜皮，問手指：「你怎麼把我的衣服全都給脫光了，這多丟人啊！我要去法院告你耍流氓！」

手指笑了，說：「真沒知識，你懂個什麼，現在流行原生態！」

臥底

肉丸跟包子打架打輸了，很不服氣走在路上碰見了燒賣劈頭就打，只見燒賣立即脫掉外衣，氣憤的說：「其實我是臥底！」

偽裝

饅頭和麵條打架，饅頭被揍哭了，便回家叫上花卷包子去報仇，結果是速食麵開門，饅頭說：「你小子把頭燙了，我也認得你！」

改名

胡蘿蔔見客戶，恭敬地遞上名片，客戶看名片問：「你怎麼叫高麗參啦？」

胡蘿蔔小腰一挺，答道：「人家哈韓了嘛！」

慶功會

無子西瓜研製成功，頻繁參加各種慶功會、報告會，風光無限。其它西瓜十分羨慕，一個西瓜憤憤不平的說：「慶什麼功呀？都沒下一代了。」

失戀

黃瓜失戀痛哭，茄子安慰她：「愛情不單只是甜美。只是沉

醉，還有心碎。還有流淚。唉！誰讓你愛上洋蔥的？」

結婚

有一對玉米相愛了……

於是它們決定結婚……

結婚那天……

一個玉米找不到另一個玉米了……

這個玉米就問身旁的爆米花：「你看到我們家玉米了嗎？」

爆米花：「親愛的，人家穿婚紗了嘛……」

特性

一個核桃在路上走著走著，突然說：「我的臉好厚啊。」
一個山楂結婚在路上走著走著，突然說：「我的臉好紅啊。」
一個山楂離婚在路上走著走著，突然說：「我的心好酸啊。」
一個山楂重婚了在路上走，走著走著突然說：「我的肚子裡有子了啊！」
一個桃子在路上走，走著走著突然說「我的心好硬啊！」

失戀後果

有一天，綠豆跟女朋友分手了。他很難過，於是他不停地哭呀哭呀，哭呀哭呀哭呀，結果……不小心發芽了。

禮儀

獵人遇到老虎，故作鎮定，用可怕的眼神瞪老虎。突然老虎雙手合十跪了下來，獵人得意地說：「知道厲害了吧！」過不久，老虎幽幽地說：「禱告完畢，準備用餐。」

警語

燈泡廠銷售部裡，小王放了個很響的屁，小劉一手當扇子扇鼻子，一手指著門上一牌子說：「你沒看到哪裡提示『小心輕放』嗎？」

最好吃

兩個不守戒律的小和尚爭論什麼肉最好吃，爭論許久沒有結果。請來了師傅，師傅哈哈大笑：「最好吃的一定是唐僧肉！」小和尚皆暈倒。

吃豆腐

老師教小明認字。老師拿起一張寫了「媽媽」的卡片。
小明：「媽媽。」
老師換了張寫了「爸爸」卡片。
小明沒念。
老師重複：「爸爸！」

小明：「幹嗎？」

老師吐血！

姓什麼

老師家庭訪問，問學生：「你們家幸福嗎？」

學生驕傲地答道：「幸福！」

父親過來給了他記耳光「小子，誰讓你改姓的！」

抱怨

這天，一個郵差向一個燈塔的管理員抱怨說：「每次爲了送張賀卡給他都得乘船往返！」

管理員聽了很不滿意地說道：「你要是還再抱怨的話，我就要訂閱日報啦！」

用途不明

一人來到飯館吃茶葉蛋，發現蛋是臭的，便前去質問經理。經理便轉過對廚房師傅大聲吼道：「誰讓你們給顧客壞蛋的！壞蛋只能用來做蛋糕！」

賭局

小王與一個女孩子打牌，事先約定，輸一局的話就罰喝一杯水，而且不准上廁所。結果女孩子連輸幾局，最後皺著眉頭說：「哎，不來了！把我肚子都搞大了。」

不正經

小張被老闆解雇了，小王問其原因。小張傷心的說：「哎，沒辦法，有兩個理由，老闆說我幹正經事不行，而老闆娘說我幹不正經事也不行。」

超級售貨員

年輕人前來應聘古玩店售貨員。老闆撿起一小塊木屑，問道：

「這是什麼？」

「乾隆皇帝用過的牙籤。」
「好極了，你現在就開始工作吧。」

是誰

一對男女坐火車。當火車通過一個很長很黑的隧道後。男的說：「早知隧道這麼長，剛才我該親你一下。」女的尖叫：「難道剛才親我的人不是你？」

相對論

一對戀人在公園，男：「我終於懂得了愛因斯坦的相對論了，就是相對而言，我在等妳時時間變得特別長，妳一到時間又變得特別短了。」

暗戀

一醜女瘋狂暗戀一男生。某日此男生對該女說：「我每晚不看妳照片我都睡不著覺。」

醜女大喜。

男生接著說：「因爲看一眼就嚇昏過去了。」

安全

一位長相很安全的胖婦，跑到交警面前：「有個男的一直在跟蹤我。」

交警打量了胖婦一下說：「我想他可能一時喝醉了，等一下就沒事了！」

說實話

一北京人在外地迷了路，向一個小孩問路。
小孩：「給我十塊錢，我就對你說實話。」
北京人付了十塊錢。
孩子：「說實話，我也不知道。」

站名

一位阿婆持雨傘坐公車，幾站後阿婆怕坐過頭，就拿雨傘尖捅司機：「這是哪呀？」

司機伸手扶住後背叫道：「哎喲，這是我的脊樑骨！」

催眠曲

夜深了，孩子睡覺時哭了起來。父親決定唱一段催眠曲哄他。結果剛唱了幾句，隔壁就傳來抗議聲：「還是讓孩子哭吧！」

條件

演員甲焦急地找導演：「不是說武大郎的角色讓我演嗎，怎麼又換人了？」

導演不耐煩地說：「跟你講多少次了，演武大郎你身高不狗。」

掌聲

演員對經理人說：「演出很成功，觀眾掌聲經久不息。」

經理人：「下個星期再演出時就困難了，天氣預報說下週要降溫，這樣蚊子會少多了。」

逼真

演員：「導演，請你給我一杯真的白蘭地，沒有真的酒，我很難演出逼真的感情來。」

導演：「那好，不過明天服毒那場戲，就看你的了！」

生命

學者：「你懂文學嗎？」

船夫：「不。」

學者：「那你的生命就失去了四分之一了！」

船夫：「你會游泳嗎？」

學者：「不。」

船夫：「那你的生命就要完蛋了！」

釣魚理論

新婚的女子對心理醫生說：「爲什麼我的老公結婚前和結婚後差那麼多？」

心理醫生一本正經地對她說：「你有聽說過釣到的魚還給牠魚餌的嗎？」

大文學家

小嬰兒抓起一張報紙，放到嘴裡嚼著，小孩的爸爸看見了，得意地笑著對別人說：「這孩子將來一定是大文學家，這麼小就會咬文嚼字了。」

為什麼

小魏打電話給同學，同學媽媽：「他不在，請問你貴姓？」
小魏：「姓魏。」

同學媽媽：「魏什麼？」

小魏：「我不知道爲什麼，我爸爸姓魏，我就跟著姓魏。」

建議

小王上班很懶散，經理教訓道：「我不知道你的狀況，但我對你只有一個建議：如果你是單身，就請儘快結婚；如果已結婚，就趕快離婚！」

狗屁

縣官坐在公堂上放了個屁，便問旁邊的下屬：「誰放的屁。這麼臭？」

手下人恭敬地稟告道：「不是老爺放的，也不是小人放的，是狗放的。」

舞會

舞會後女兒問：「爸爸，可不可以等等湯姆？」
老爸故意問女兒：「爲什麼要等湯姆啊？」
她回答：「跳舞時他一直踩我，我要等他出來揍他！」

痛苦

「我這一生只戀愛過一次，但這份感情給我留下了終生的痛苦……」

「怎麼，你愛的女人和別人結婚了？」

「不，她嫁給了我。」

名符其實

我曾在遊園會上點了份飲料叫做「溫柔的慈悲」，標價一百二十元一份。結果卻是一小瓷杯的烏龍茶，杯上寫著「溫柔」二字……

觀眾

我認識一個演員，他在戲沒有演出之前，就到台前來向觀念鞠躬謝幕。他這樣做以免戲演完了再去謝幕，台下就沒有觀眾了。

職業病

我家樓下小店新來一店員做事總像在背口訣。某次顧客買一瓶醬油，我聽到店員行雲流水般回答：「收您六十元找您五元，請問您要吸管嗎？」

不明原因

晚餐時，五歲的女兒問：「媽媽，你怎麼會和爸爸結婚呢？」母親看看父親，然後說：「看吧！連孩子都覺得奇怪。」

用途

推銷員正在派發傳單，但路人不予理睬，忽從遠處跑來一人，跟推銷員要了很多傳單，推銷員正高興，卻見那人飛快跑進不遠處的廁所。

鏡子

「你看，這是我生平看到的最醜的一幅畫像。」妻子說。

丈夫連忙拉過妻子，小聲說：「妳過來吧，親愛的，這不是畫像，這是一面鏡子。」

翻譯

談判時，外商打了個噴嚏，剛好翻譯也打了個噴嚏，經理滿臉不高興地說：「不用你翻譯，這個我懂。」

寫信

申先生寫信給熊先生，把熊字下面四點忘了，熊先生回信故意把申先生寫成由先生，還說：「你削掉我的四個蹄子，我也要割掉你的尾巴。」

多加注意

瑞士入境處的公路旁豎著一塊牌子，上面寫著：「請司機多加注意。當前，醫生與殯儀館的工作人員正在休假。」

守門員

如何訓練守門員？教練指著球門攔網對守門員說：「看見這網了嗎？價錢可不便宜，你要是讓球把它撞壞了。就得從你的工資裡扣錢賠上。」

壞脾氣

脾氣暴躁的父親經常開車帶家人去玩。某一次父親沒去，母親代為開車出去，回來後小女兒說：「今天太棒了，這次路上我們連一隻『畜生』也沒看到！」

胖子

胖子在酒吧飲酒時，一個外地人透過玻璃門仔細地看他。胖子正要發飆，外地人突然敲了一下玻璃問酒保：「這塊玻璃難道是個放大鏡嗎？」

努力

胖者想減肥，醫生建議他每天跑八公里，跑三百天就能減三十四公斤，三百天後胖者打電話說：「醫生我真的減下來了，但我離家有兩千四百公里了。」

忘了關門

講課的時候女老師褲子的拉鍊綳開了，小新站起來提醒：「老師，你的門沒有關。」

老師笑了笑，一擺手說：「別管它，一會兒訓導主任要過來參觀呢。」

設想周到

暴發戶邀請朋友參觀他的三個游泳池，介紹道：「第一個裝冷水，第二個裝熱水，天氣冷時用，第三個不裝水，我有一些朋友是旱鴨子。」

海軍

報名參加海軍的年輕人被問道：「你會游泳嗎？」
他愣住了。過了一會兒說：「怎麼回事，難道船不夠用嗎？」

各有所好

傍晚，一對初戀青年男女相約去電影院。
姑娘：「你最喜歡看什麼影片？」
小夥子：「《姑娘望著我》，妳呢？」
姑娘：「《南洋富翁》。」

重撥鍵

半夜電話響了，主人拿起來接聽，但對方沒有回應，連著幾次主人惱了：「你神經病啊！」

對方回話了：「對不起先生，我在試重撥鍵。」

生不如死

農家有客來，主人想殺公雞，可是公雞飛上屋頂不下來。主人罵道：「你再不下來，我就把母雞全殺了，讓你生不如死！」

公雞笑道：「哈哈！我下來母雞就生不如死了！」

事實

有個小女孩打電臺熱線要給媽媽點歌，廣播主持人感動地說：「多麼懂事的孩子啊！你想點什麼歌？」

小女孩說：「辛曉琪的《女人何苦爲難女人》……」

開價

驗光師教新來的夥計開價：「他問多少錢，你就說六百元，如果他眼睛都不眨一下，你就說這是鏡架的價格，鏡片四百元，如果他還不眨眼，你就說：一片。」

漢字專家

美國的漢字研究學家在中國考察後回國抱怨：中國人太不謙虛了，我剛出機場就看見一個大牌子：「中國很行（銀行）！結果後面還有農業很行，工商很行……」

一對戀人

一對戀人在山中被野人抓住說：「你們吃掉對方的大便就放了你們。」

戀人做到了，歸途中女人大哭，男人問其原因，女人傷心的說：「你不愛我，不然你不會拉那麼多！」

想像力豐富

某球員連接球都接不穩。練習傳接球時，另一球員給他傳了一個好球，怕他接不穩，於是喊了一聲：「接穩！」

結果球砸在他頭上，只聽他說：「和誰？」

寵壞

一天回家，四個孩子正在吵鬧。太太見我回來很高興：「你終於回來了。」

我正高興以爲孩子們怕我。誰知太太接著說：「家中只有你聽話，乖！快去幫我買袋鹽！」

因為酬金

被告向他的辯護律師許諾說：「如果你有本事使我可以只蹲半年監獄，那麼你將得到額外的一千美元酬金。」

結果，他終於如願以償，律師一邊收錢一邊說：「這可真是棘手的工作啊，本來法官們想無罪釋放的。」

擔心

某老太太生前愛打麻將，死後兒女提議送麻將陪葬，一女卻擔憂：「萬一人手不夠她來叫我們怎麼辦？」

糟糕

鞋店老闆爲賈小姐量腳的尺寸。賈小姐近視。看見老闆的禿頭以爲是自己的膝蓋露了出來，便一撩長裙將其蓋住……老闆大叫：「糟糕！保險絲又斷了！」

問題

孩子正思考有關「遺傳與環境」的問題。母親插話道：「這個問題很簡單嘛，大家都知道如果孩子像父親，那就是遺傳；像鄰居，那就是環境。」

實用

女：「親愛的，我們馬上就要結婚了，買本書送我作紀念吧。」

男：「好。請你拿本『食譜』。」

瞄準

一女孩學騎車。

忽然發現前面有一老頭，心裡很慌張，不禁喊道：「老頭，別動！」老頭趕緊站住，但女孩還是不小心把老頭撞倒在地。

老頭爬起來，對女孩說：「原來妳要我站住，是爲了瞄準了當靶子撞啊。」

車資

一青年騎車穿小巷。一不小心，前輪鑽入一老頭跨下。老頭緊緊抓住車把，連聲喝道：「停車，停車……」奈何車沒停，帶著老頭撞上一堵牆。

老頭心有餘悸，惴惴不安地說：「坐車不用付錢吧？」

方便

湖邊，一個畫家正在畫畫，身後來了一男一女兩口子。他們看了一會兒，最後丈夫以無可辯駁的口吻對妻子說：「看見了吧，親愛的，不買一個相機，該有多苦惱哇！」

琴盒

某學生學習小提琴，這天打開琴盒，發現裡面放著一把衝鋒槍，遂大驚失色：「壞了，我爸拿著我的小提琴去銀行了！」

過於驚嚇

一女子在食人族的追擊下，跑進一條死巷子，由於驚嚇，尿濕了褲子。食人族見狀大罵：「真可惜，湯都弄灑了！」

又是職業病

某烤羊肉串的被調去當火葬工，沒幾天便被開除了，因爲他每次都會問死者家屬：「你們想烤幾分熟！」

事實如此

「聽說昨天你和老婆吵架了，怎麼收場的？」
「當然是她跪下求我！」
「不會吧！她怎麼求你的？」
「她說：『我不打你了，快從床底下出來吧！』」

教練

一游泳教練在商場裡購物，途中有一個漂亮的女士向他打招呼。他定睛一看，是他的一個學員。他於是大聲說道：「妳穿上衣服，還真認不出妳！」

裁判員

「我妻子有時真像裁判員一樣狠，她昨天向我出示紅牌，並把我推下床。」

「這算什麼？我那位只因爲我的合理衝撞就把我驅出席夢思，並找了一名替補。」

電影夢

一夥賊搶銀行被拍下錄影。小賊說：「大哥，我們電影夢終於圓了！」

老大怒道：「笨蛋！你用點腦子好不好，帶著面具，誰知道我們是誰。」

一人一口

一人在酒吧喝了半杯酒突然內急，又怕酒被別人喝掉。於是在紙上寫「我在杯裡吐了口痰」。回來酒還在他很高興，但紙條上多了幾字：我也吐了一口！

偷懶

某君因通宵搓麻將，因此上班時間偷偷睡覺。睡正香時電話鈴突然響起，此君被吵醒，迷迷糊糊拿起電話：「喂，你好我是誰？」

吝嗇

張三吝嗇，家裡發現老鼠也只去鄰家借鼠夾用，又捨不得麵包，拿畫滿食物廣告單放夾子上就睡了。不料次日早去一看，夾子上也只放了張老鼠的照片！

回家

一男家養一貓，煩，遂將此貓拋棄。然此貓認家，幾次棄之均未成功。

一日此男駕車棄貓，當晚致電其妻：「貓回家了嗎？」

妻曰：「回來了。」

男吼道：「讓牠接電話，我迷路啦！」

禮貌用語

甲和乙二人說好要多講禮貌用語，上車時甲不小心踩了乙一下。甲真心道歉：「真對不起！」

乙：「謝謝！」

甲笑容可掬地說：「不用謝，這是應該的！」

下雨

某人練習跳傘後摔斷了腳。大夫問：「你怎麼搞的呢？降落傘不安全嗎？」

此人一臉無辜的答：「安全是安全，可是跳到半空後天上不下雨了，我就把他收起來了！」

成功率

「大夫，手術成功的可能性有多少？」

「哦，我連這一次，已經有九十七次的手術經驗了。」

「那我就放心了。」

「嗯……我也希望成功一次！」

屁話

某醫生一向馬虎，一次在病歷上寫了「肛門發言」。主任醫生發現後非常生氣，在其下方醒目地批上了「屁話」。

仔細的原因

甲：「年輕貌美的女性，如果到婦產科看病，找男醫生看好，還是女醫生好？」

乙：「男醫生。」

甲：「什麼原因？」

乙：「他會全身各部位仔細的看，不會草草了事！」

宅男

一男癡迷電腦，新婚之夜，他醉眼迷離地抱著新娘說：「伊妹兒，我們終於聯網了……親愛的，今夜我們互相相容，準備開發新產品，十個月後我就有了備份！」

行行好

小倆口吵架，從樓上扔下一枕頭，正巧一乞丐路過，甚喜，片刻，又有被子飛下，乞丐狂喜，於是擦著眼淚對樓上喊：「大兄弟，行行好，把那女的也扔下來吧！」

好消息

醫生小心檢查過漂亮女病人後，開心地說：「王太太，我有好消息告訴你。」

病人：「不。我是王小姐。」

醫生：「噢，那麼，我有壞消息告訴你。」

代價

一個當祕書的女子出庭作證。法官嚴厲地問：「妳知道作僞證會得到什麼結果嗎？」

「知道，上司說給十萬和一件水貂皮的大衣。」

節省

一女買肉，揀肥肉翻來翻去沒買，沾兩手油。

回家後用水洗手熬一鍋湯，說：「沒花錢就讓全家喝了一頓。」

丈夫生氣道：「爲何不洗在缸裡？可多喝幾頓！」

報案

一家有三兄弟，大的叫流氓，老二叫菜刀，老三叫麻煩，一天老三丟了，老大帶老二去報警，到了警局，老大說：「我是流氓，今天帶菜刀來是找麻煩的。」

菜單

一老外在街上找飯館。看門口寫著：牛肉麵、大排麵、便飯。記下後進門對服務生說道：「你好，給我來一碗『牛大便』。」

硬漢

某人一天與三個大漢打架。回來以後便吹牛：「我讓他們打了兩個小時硬沒把我打倒。」

別人問怎麼回事？他說：「他們把我綁樹上打。」

自動刮臉機

推銷員推銷自動刮臉機：「只要投一個硬幣進去，把臉伸進機器裡，一下就刮好了。」

顧客問：「可是人的臉型不一樣啊。」

推銷員說：「第一次確實是這樣的。」

破費

家住農村的司機爲討好局長，從自家拿來青玉米送給局長。局長客氣地說：「這多不好，讓你破費了。」

司機說：「這不算什麼，在我們那裡這些玉米都是餵豬的。」

習慣

何先生在自己家裡睡到半夜突然起床，趕緊穿好襯衫、褲子。「你半夜起床穿衣服幹嘛？」何太太莫名奇妙的問。

「我要趕緊回家。」

日光浴

一妙齡女郎獨自上到飯店頂上進行裸體日光浴，飯店經理上來請她換個地方進行日光浴，她很不耐煩地問爲什麼。

經理道：「因爲妳正躺在餐廳的天窗上。」

油漆

丈夫開燈時不小心把手印留在剛刷過油漆的牆壁上。

次日，妻子叫來油漆工：「我想讓你看看昨晚我丈夫摸過的地方。」油漆工暈倒……

外遇

昨晚我回家時，黑暗中有人出來開門，我認爲是女傭，就抱她親吻起來。但那個女人竟是我太太，她還說：「小心！我老公要回來啦……」

饞鬼

有人把吃過的甘蔗渣隨意丟在地上。有個饞鬼拾來嚼，嚼來嚼去，也嚼不出汁水，便大罵道：「哪個饞鬼，嚼得一點汁水也沒留。」

什麼時候

有個電話找原人事部的劉主任，一人事職員答：「他已經不在人事了！」

電話裡：「什麼時候的事？好好的怎麼就不在人世了呢？」

說話高手

有個導遊待人很禮貌，一次陪一官員去打獵，有人問：「貴客收穫如何？」

他笑道：「客人槍法高超。不過今天對禽獸很仁慈。」

包子

有個財主請全鄉父老吃包子，包子只有一個但很大。多大呢？大家從包子的一個部位吃起，半月後吃出一石碑，上刻一行字：此地離餡二十里。

台灣天然有機發笑

ORGANIC

有機發笑：天然ㄟ尚好

World's Best Laughs

國外經典笑話薈萃

文明化

一原始部落仍有吃人的陋習，於是一旅行家就把文明的生活教授給部落。幾年後，旅行家再次到部落考察發現他們改用西餐叉子來吃人了。

非禮

一小姐在地下通道看見一男子張著雙臂向她走來。她立刻飛起一腳，只聽嘩啦一聲，男子長歎：「這已是讓人踹碎的第三塊玻璃了。」

怎麼理

一位披頭散髮、滿臉絡腮鬍、毛烘烘的男子在椅子上坐下來。
「怎麼理髮？」理髮師問。
「剃頭，刮臉，我想看看自己的本來面目。」

受傷

一位太太摔倒了，首相扶住了她。
「先生，我怎麼感謝您呢？」
「下次大選投我的票就好。」
「雖然我膝蓋摔壞了，但腦袋可沒壞。」

喜好

一位青年對他的朋友說：每次我帶回家的女朋友，我母親都不喜歡。

「你只要找一個像你母親的就行了。」

「但那樣我父親又不喜歡。」

精神病院

一架飛機飛過一個精神病院。突然，駕駛員哈哈大笑起來，空中小姐好奇地問：「你爲什麼笑得那麼開心呀？」

駕駛員：「要是他們知道我逃出來的話，一定會被氣瘋的！」

刷窗工

一位女士洗浴完畢，正要拿毛巾，突然發現一個刷窗工看見了她。她嚇得渾身癱軟，那人問：「您怎麼了，難道您從來沒有見過刷窗工嗎？」

童話故事

一位男士問：「您這兒有沒有名爲《男人應是一家之主》的書？」

女店員微笑答道：「很抱歉，我們這裡不賣童話書。」

看過電影

一位警官追問刑警爲什麼跟蹤犯人卻讓犯人逃走了。

「我一直跟蹤著犯人，直至他進了電影院。可是這部電影我上星期已看過了。」

職業

一位架子工出身的局長接受記者的採訪。「請問，你覺得當局長和當架子工有什麼相同之處？」

「爬到一定的高度，還想繼續往上爬。」

負心

一位負心的女孩給她的情人寫信，要求解除關係。不久，她就接到了回信：「不行。我正忙著和女朋友約會，沒工夫考慮這個問題。」

死蟑螂

一顧客投訴旅館地板上有隻死蟑螂。經理：「請冷靜點，那隻蟑螂已經死了。」

顧客：「死的沒什麼，但那些抬棺者讓我覺得很噁心！」

誰知道

一個中年男子在買內褲，他拿著一條褲子很詳細地看，突然問了一句：「穿起來好看嗎？」

只聽女售貨員特別氣憤地說：「回家問你老婆去！」

時間

一個英俊的小夥子走進一位老太太的房間，他道歉說：「對不起，我一定是走錯了房間。」

老太太回答說：「那倒不一定，只不過是遲了四十年。」

功能性

一個一心想當歌唱家的女孩向音樂老師問道：「我的聲音有前途嗎？」

「噢，這個，碰到火警，你的聲音倒可以派上用場。」

分開算

一個蘇格蘭人來到足球售票處拿出五十便士買票。售票員說：「還差五十便士。」

「我只看我們蘇格蘭隊啊，另外的隊我一眼都不會看。」

靠岸

一個青年衝下碼頭，一個箭步跳上了離岸三尺的渡船，說道：「總算趕上了這班船！」

旁邊的人笑著說道：「我們的船正在靠岸呢！」

有什麼關係

「服務生，你端上來的這隻雞，怎麼會是一條腿長一條腿短呢？」

「那有什麼關係？你難道想跟牠跳舞嗎？先生。」

減肥餐

一個胖婦人看到附近窈窕的妙齡女子吃著東西。問侍者：「那個女孩子吃什麼呀！」

侍者說：「減肥餐啊！」

「哦，那給我來五份減肥餐好了！」

年齡

一個年輕人想戲弄一下售票員，問道：「我只買兒童票行嗎？」

售票員瞧了一眼年輕人說：「二十便士，謝謝，這裡只論年齡而不論智力付錢。」

評理

一個賣煤的和一個賣雞蛋的打架，引得眾人旁觀，問其原因，賣雞蛋的說：「大家評評理，有他這樣的嗎？我一喊：『雞蛋！』他馬上就喊：『賣煤嘍！』」

時裝

一個顧客氣憤地跑進裁縫店，指著店主給他設計的時裝說：「我站在街道轉角打哈欠，兩個寄信的傢伙把信塞進我嘴裡了！」

直覺

一個股票投資者在海邊閉目養神，一個管理員說：「先生，漲了，快走！」

投資者：「慢走，大好機會，立刻通知代理商，將股票全部清倉！」

教訓

一婦人到寵物店：「哪裡能買到一條活鯊魚？」

店員不解：「你要活鯊魚幹嗎？」

「鄰家的貓老是到我魚池偷金魚，我要給牠些教訓！」

收費標準

一婦人到報館爲丈夫登訃文，廣告員說：「我們是按寸收費，每寸五元。」

婦人吃驚地說：「那豈不是要花一大筆錢？我丈夫有六尺五寸長啊！」

不可靠

一位父親對他的朋友說：「我簡直無法想像像我兒子能夠做什麼，他是那麼不可靠。」

他的朋友說：「到氣象臺去報天氣預報吧！」

實話

「貝西，這次的作文是妳做的嗎？」

「我不知道。」

「妳怎麼會不知道呢！」老師生氣地說，「說實話，到底誰幫妳做的？」

「我確實不知道，說實話，我那天晚上很早就睡了。」

聖經

某同學問教授，聖經中哪一章節最能說明本班的情況。

教授回答說：「第十一章三十五節。」

同學們翻開聖經，只見上面寫著：耶穌在哭泣。

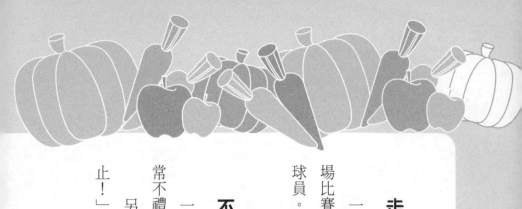

走紅

一位從影多年的演員，從來沒走紅過。平時喜歡踢足球，但上場比賽老被判舉紅牌。他形容自己是影劇界長青樹，足球場上的紅牌球員。

不禮貌

一位參加宴會的客人說道：「我覺得在宴會結束前先離開是非常不禮貌的！」

另一位先生說道：「您說的沒錯！我總是待到被主人扔出去爲止！」

計較

一商人乘計程車外出，汽車在環山公路突然打滑，司機嚇得大叫：「剎車不靈，我該怎麼辦？」

商人對他大喊：「快關上計價器，你這個笨蛋！」

琴弦

一日與友買吉他弦，友只想買一根，乃問：「有沒有單賣的琴弦？」

營業員肅然道：「我們沒有丹麥的琴弦，不過有日本的。」

貧窮

一人走夜路，另一人對他說：「先生，您能借我點錢嗎？我上有老，下有小，可憐可憐我吧，我太窮了，窮得只剩這把槍了。」

誰比較急

一人排長隊上廁所。總算前面只剩一人了，他說：「憋不住了，能讓我先上嗎？」

前面的人半天才擠出一句：「你他媽至少還能說話！」

不講究

一人慌張地跑進一家餐店：「請問，我昨天在這吃完午飯後，是否留下一把傘？」

「什麼樣的呢？」侍者問。

「什麼樣的都行，我這人不講究。」

知道

一人到外地探親丟了地址，就發電報回家：「知道三叔家的地址嗎？」幾小時後得到回電：「知道。」

大胃王

一人參加大胃王比賽，狂吞了一隻雞、九個漢堡，一大塊蘋果餡餅，最後贏得冠軍。下臺前他對別人說：「別告訴我老婆，否則我會吃不到午飯的。」

最佳方法

一青年纏著某作家，要他介紹寫作的最佳方法。作家回答說：

「請用方格稿紙，一格一字。」

水準

青年把自己的畫讓女友欣賞。女友：「不錯，和我弟弟畫的水準不相上下。」

青年：「你弟弟是搞美術的嗎?」

女友：「不，他是三年級小學生。」

影評

一篇電影評論文章中寫道：這部影片的結尾真是出人意外！它正好是大家一致認爲不該結束的時候結束的。

夢遊

一朋友不安地說：「昨夜我做夢遊玩義大利，還吃了義大利麵條。」

我說：「那怎麼了？」

「今天起來，我發現我睡衣的帶子不見了。」

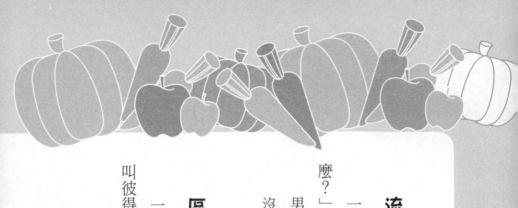

流氓

一對情侶卿卿我我情濃之時，女的問男的：「你現在想什麼？」

男的說：「跟妳想的一樣。」

沒想到女的給了男的一記耳光，並罵道：「你這個流氓！」

區分

一女有十個小孩都叫彼得，有人問如何叫他們吃飯，女的說就叫彼得就都過來了，那如何區分呢？女說只要叫他們的姓就可以了。

難為情

一位婦人在電梯中分娩，非常難爲情。護士說。「沒有關係的，這不算什麼啦，兩年前還有一位太太，在醫生大門口就生下小孩子的。」

不料這位婦人竟哭了起來，說：「那位太太也是我啊！」

生日禮物

一女士進一寵物店，要買一件小狗的毛衣。售貨員請她帶小狗來，以便查看尺寸。

小姐：「不行，我是想在牠生日那天，給牠一個驚喜。」

炫耀

一女生得到男友訂婚戒指，但沒有一人注意。終於，當大家聊天時候，她突然站起來大聲說：「真熱呀，我看我還是把戒指脫下來吧。」

師傅

一女孩指著蛋糕問師傅：「師傅怎麼賣？」

師傅答道：「師傅不賣，蛋糕十元一個。」

更慘

一女孩奇醜，每每照鏡都很感歎。這一天對著鏡子哭了。一男孩走過來安慰她：「妳還哭？那我們每天看著妳豈不是該自殺了？」

歪理

工頭看到巴柯先生在車間抽菸，非常生氣。「巴柯先生，工作時間你不能抽菸。」

「是的。當我抽菸時，我就停止工作。」

貴婦

一位華貴的太太在挑水果，她的哈巴狗用舌頭舔蘋果，攤主以禮貌的態度請女主人注意她的哈巴狗。女顧客以嚴厲的口吻向她的狗喝道：「安安，不准再舔，這些蘋果還沒有洗過。」

經驗

一男子問一女子說：「你用的唇膏是不是叫『紅色閃電』那種？」

「對呀！你怎麼這樣在行？」

「不久之前，我就被這樣的閃電電過。」

工作時間

法官：「你竟敢在大白天闖進人家行竊！」

被告：「您前次審判我時，也是這麼氣憤地說：『你竟敢在深更半夜潛入民宅行竊！』請問法官，我該什麼時候工作合適呢？」

不相同

巴克：「我真不明白，那麼多人死在海裡，可是還有那麼多人出海。」

比爾：「那麼多人死在床上，可是你每天晚上還要上床。」

理由

音樂大師巴哈把僕人辭退了，朋友見到他時問：「你爲什麼要辭退他呢？」

巴哈：「他把我的衣服拿到戶外拍灰塵時用木棍亂打一通，一點節奏也沒有！」

重複

一母親給電臺打電話聲稱自己生了八個孩子，但值班的話筒出了問題，值班員沒聽清楚：「您能再重複一遍嗎？」

母親：「別逗了，那我可受不了。」

本能反應

一名棒球好手走在路上，忽然見到一隻小貓在樹上搖搖欲墜。他趕忙奔去將小貓接個正著，然後朝一壘方向扔去。

勾引

一美女在吧台邊勾引酒保，美女把手指伸到酒保的嘴唇上讓他吸吮。吸吮一遍之後，美女：「請告訴你們經理，女廁裡的衛生紙用完了。」

堅持

一美女汽車沒油了，路邊某壯男自告奮勇幫她把車推到加油站，經過長途跋涉，他們終於到了一間加油站。美女：「換一家，他們服務態度很差！」

說服

一沒經驗的地產推銷員問老闆，是否可以給一個惱怒的顧客退款，顧客發現新買的地皮是在水下。

老闆：「不行，你去說服他並賣給他一條船！」

祕密

在法庭上，法官在審問竊賊：「你老實交代，你是怎麼打開那個保險櫃的？」

「這可不能告訴您，法官先生，」竊賊說：「因爲本庭上在座的，說不定就有想吃我這碗飯的。」

人情味

一老外對中國朋友說：「你們中國人真有人情味。每當發生車禍，我們那邊總是先叫救護車，而你們會先去問候對方的媽媽。」

墓碑

一塊墓碑上寫道：這裡躺著一位律師，一位正直的人。眾人議論紛紛：沒有想到這麼小的一塊地方竟然埋得下兩個人！

懶惰

有一家人特懶，工作都交給狗做，客人見狗拖地很驚訝，狗說

沒辦法因爲他們懶，客人驚訝狗會說話，狗說小聲點，如果他們知道了還要牠來接電話。

補票

一家人看戲買的是樓上的票，小邁克總是趴在欄杆上往下看，父親對妻子說：「看著孩子別讓他掉下去！樓下是一等區，要補票就麻煩了。」

員警

四位紳士聚在一起賭錢。開賭前，他們對約翰說：「你去瞧瞧門外有沒有員警。」

約翰去了整整十分鐘，才氣喘吁吁地跑進來說：「門外沒有員警，所以我特地去局裡喊來一個！」

遲到理由

經常遲到的珍妮，今天又遲到了。不過，珍妮的媽媽讓她帶了一張紙條給經理，上面寫著：「很抱歉，我女兒經常遲到。這是因爲我家有三個妙齡女郎，而鏡子卻只有一面。」

上學

小湯姆在家嬌養慣了，第一天上學回家，媽媽擔心地問湯姆：「在學校好嗎？沒有哭吧？」

湯姆回答：「我才沒有哭呢！老師哭了。」

童言童語

五歲的約翰與媽媽在人群中失散。他哭著向人們打聽：「您沒看見一位婦女嗎？她身邊帶著一個長得非常像我的小男孩。」

君子

「您要向我借兩萬克朗，施坦因先生。您能給我保證嗎？」

「我的保證是君子之言。」

「好吧，借給您，但是您把那位君子帶來我看看。」

起床

「快起床，懶蟲！你看，太陽都起床了，你還睡！」

「廢話！太陽六點鐘就睡覺了，我十點鐘才睡。」

醫學報導

「據醫學雜誌報導，接吻是有損身體健康的。」

「您算說對了，我前天晚上吻了牧師的女兒，被他一頓痛打，到現在還直不起腰來！」

護身符

奧運會拳擊賽結束後，記者們對衛冕冠軍進行採訪：「你相信護身符的魔力嗎？」

「我當然相信了。否則的話，我也不會總戴著藏有馬掌的拳擊手套了。」

教育

「我對孩子的教育非常細心，每當和妻子爭吵時，我總是讓孩子們去散步。」

「怪不得你孩子個個身體很棒。」

一見鍾情

「幾天前，我遇見了一位女孩，我看見她第一眼就愛上她了。」
「那好啊！可是你爲什麼沒娶她呢？」
「我又看了她第二眼。」

語法

語法老師：「約翰，『我愛，你愛，他愛』這意味著什麼？」
學生回答：「我認爲，在這種情況下，總有一個人被打死。」

端午節

「嗨，史蒂夫，上回送你的粽子味道如何？」

「味道是很不錯啦，可是你們不覺得那外頭包的生菜硬了一點？」

共同語言

「法官，我堅決要求離婚，我跟我妻子根本沒有共同語言。」

「那沒關係，你們可以一同去找個翻譯嘛。」

情人節禮物

「別的女孩子過情人節都會收到鮮花，而你連一朵花都不送給我。爲什麼？」

「不要這樣，我只是不想讓妳看起來更慘。」

保固維修

有個跳傘員問教練員：「如果我跳出來時，降落傘打不開，我該怎麼辦？」

「那不要緊，你只要把它送回來就行了。」

示範

一位運動員投籃，連投五次都沒投進。

教練道：「笨蛋！瞧我的！」也投五次，仍不進。

「看見了嗎？你剛才就是這樣投的！」教練氣憤的說。

證據

一位胖太太對老公說：「我要去游泳。據說，這樣可以減肥。」

老公：「胡說八道，妳瞧鯨魚。」

拉鍊

一名教練在東京的商店裡尋找運動衣的拉鍊。他用手勢向一位女售貨員比劃好一陣子。終於，女售貨員明白了，拿出了一把用於剖腹的劍放到櫃檯上。

特徵

一個牙膏廣告商走到一位日本相撲選手面前問：「先生，你知道健康牙齒的七個特徵嗎？」

不，我只知道一個：「壞牙齒是吃不出我這樣的肚子的。」

不適合

跳傘訓練前，教練最後叮嚀一位學員：「別緊張！沒有什麼大不了的。如果你第一次跳傘就打不開的話，只能說明你不適合從事跳傘運動。」

球迷

球迷尼克打開電視，螢幕上剛好打出足球賽的字樣。就在這時，門鈴響了，尼克打開門，按門鈴的女友上前摟著他的脖子說：

「我決定嫁給你。」

「爲什麼現在呢?能不能改時間?」

滑雪課

教練正在給新學員講課，高山滑雪課共由三部分組成：一、學會穿滑雪板，二、學會從上向下速降，三、學會拄拐杖走路。

年輕人

母親很生女兒的氣。「這就是現代的年輕人！」她對朋友說。「十六歲就交上了男朋友，但卻忘了母親的生日！」

關門

一個小偷到一人家後一無所獲，正欲離開，主人說：「請關好門。」

小偷不屑的說：「你家根本就不用關門。」

最好時機

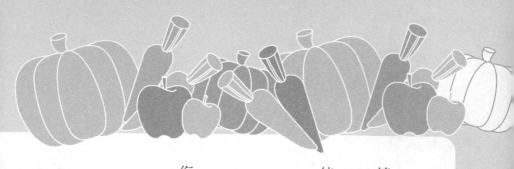

老師問傑克：「請你告訴我，什麼時候摘蘋果最好？」說完他轉身對其他學生說：「不准提示！」

傑克站起來，不假思索地回答：「下雨的時候最好。因爲園丁待在屋裡，狗也不在園子裡。」

正常流程

內閣總理病了。他在醫院裡接到一份慰問電：議會祝你早日康復，一百八十七票贊成，一百八十六票反對。

天使

牧師看見一家百貨公司的櫥窗裡放了幾個曲線玲瓏，身穿蟬紗睡袍的仙女模特兒。他歎一口氣說：「如果天使真是這個樣子，天堂一定大亂。」

晚一點

牧師講道時說：「願上天國的人請起立。」除了一個人全都站起來了。

牧師問：「難道你不想上天國？」

那人答道：「想，不過我現在還不想去。」

聾子

母親質問女兒：「小瑪麗，鋼琴上貝多芬半身像的一隻耳朵破了，是不是妳弄壞的？」

女兒：「那有什麼關係！反正貝多芬是個聾子。」

罰則

母親嚴厲地問她：「瑪麗，櫥裡那些糖果是不是妳吃了？」

瑪麗思索了一下，問媽媽道：「說謊和說實話，哪樣罰得重？」

搭訕

「請問妳穿的絲襪是什麼牌子？我想買一雙給我妻子。」

「我勸你還是不要買吧，如果穿上這種絲襪，隨便什麼男人都會找藉口和你妻子搭訕的。」

沒聲音

母親女兒一起洗碗，父親兒子在客廳看電視。突然傳來打破盤子的響聲，然後一片沉寂。兒子：「一定是媽媽！因爲她沒有罵人。」

價格不同

母親對兒子說：「快去練習彈鋼琴吧，我給你一個法郎。」

兒子答道：「好吧。不過，我們的鄰居答應我，要是我不彈鋼琴的話，給我兩法郎呢！」

哪一根

母親：「我說弗里奇奧，人們從不把大拇指放在嘴裡的！」
弗里奇奧：「媽媽，那我應該放哪一根手指啊？」

逃亡路線

母親：「你不在時，你養的鸚鵡飛走了。」
兒子：「我早有預感，昨晚我複習地理時，牠一直地站在我肩膀上，看來牠是在觀察出走的路線。」

遺傳

母親：「孩子，你是哥哥，怎麼天天和妹妹吵架？」
孩子：「遺傳學嘛。」
母親：「遺傳學？」
孩子：「對，妹妹像你，我像爸爸。」

家庭教師

母親：「傑克，快去吻吻新來的家庭教師！」
兒子：「我才不敢呢，剛才爸爸吻她，被她打了一記耳光！」

不及格

傑克：「湯姆，你算術得了兩分，這下你爸爸可要好好收拾你一頓了吧？」

湯姆：「收拾我？恰恰相反，我要回去教訓他！全都是他做的。」

例外

老師發現湯姆的作業全做對了，就問他說：「這次你全對了，怎麼回事？是你爸爸幫你做的吧？」

「沒有，他晚上很忙，我只好自己做了。」

遺囑

律師對剛剛失去丈夫的一位婦女說：「在宣讀您的丈夫的遺囑

之前，我想向您提一個問題：『夫人，您願意嫁給我嗎？』」

對象

老師教育學生：「多少錢也出賣不了自己對親人的愛，我給一百美金，你能打你父母嗎？」

學生立即問：「我打我姐姐，給多少錢？」

厲害

拉爾辛嗜酒如命，醫生建議他採取瑜伽戒酒法。醫生碰見他妻子就問她丈夫做得怎麼樣。

「大夫，很糟糕，現在他可以倒立著喝酒了。」

禮尚往來

農夫被妻子逼著去參加鄰居第三位太太的葬禮。他說：「我不想去。」

妻子問：「爲什麼？」

「去得太多了不好意思，除非我們也能回請他一下。」

回饋

老約翰問他的未來女婿：「你和我的女兒結婚時，假如我給她一份豐盛的嫁妝，你有什麼給我呢？」

「我給你一張收據！」

喝水時勿看的爆笑對話

壞習慣

甲：「我有兩個壞習慣，令我感到很困擾。第一個壞習慣是裸睡。」

乙：「這也沒什麼呀！第二個壞習慣呢？」

甲：「夢遊。」

一斤九兩

顧客：「我買九兩肉。」

小販：「九兩肉不好算帳，您乾脆割一斤吧。」

顧客：「其實一樣的，我每次要一斤，你也只給我九兩。」

違反規定

一救生員向遊客抗議：「我已注意你三天了，你不能在游泳池小便。」

遊客：「可是每個人都在游泳池小便。」

救生員：「沒錯！先生，但只有你站在跳板上……。」

飾品

胖婦去買首飾，選好戴在手上問：「我買這夜光手環。」

服務生：「這不是手環，但也是夜光的。」

胖婦：「那是什麼？」

服務生：「夜光呼啦圈。」

籌募經費

旅客向酒店經理投訴說：「帳單上有泳池附加費，但這裡卻沒有泳池！」

經理：「不錯。這些錢就是用來建泳池的。」

隱藏式錄影機

旅館裡老婆想洗澡卻擔心在某些旅館藏有隱藏式的錄影機，萬一真被拍到可怎麼辦？

老公答道：「放心！妳的身材即使被拍到也會剪掉的！」

不然勒

旅店老闆領旅客去看他的房間。
旅客毛骨悚然：「您快瞧那，臭蟲在牆上列隊行進。」
老闆：「難道您還想看到狗熊在牆上遊行？」

白問

路人問一個小孩子道：「小弟弟請問你，這兩條路通什麼地方？」
孩子道：「東邊一條，可以通我的家。西邊的一條，卻不通我的家。」

限時專送

路人甲：「請問殯儀館往哪裡走？」
路人乙：「你只要站在路中央，待會有人會送你去。」

誇獎

老闆誇廚師：「你這個王八燒得好。」
廚師回答：「哪裡，哪裡，是王八都喜歡吃。」

受辱

列車員：「您拿著二等車票怎麼會坐頭等車廂？」

乘客覺得受了侮辱：「難道我拿著二等車票就該去坐三等車廂嗎？」

慢車

列車員：「您買的是普快車票，怎麼來乘特快列車？您得補票。」

乘客：「爲什麼要補票，您可以把車開得慢些，我沒錢補票，可是有的是時間。」

摔死

兩位先生打獵，一位舉槍射擊，一隻野鴨應聲落地。另一位說：「好槍法！不過這一槍完全多餘，從那麼高的的地方掉下來，摔也摔死了！」

願望

兩少女撿到了阿拉丁神燈，燈神願滿足每人一願望。

甲搶先說：「我的願望是乙的兩倍。」

乙不慌不忙：「我希望我的身材是三八、二四、三八。」

貴姓

兩人邂逅而遇。

「貴姓？」

「不敢說，怕您吃了。」
「姓範？」
「不對。」
「姓餘？」
「還不對。」
「那你姓什麼？」
「史。」

抽菸

兩個農家的孩子在聊天，一個突然問：「你家的牛會抽菸嗎？」
另一個說：「牛怎麼會抽菸？」

第一孩子：「哦，那麼，也許是你家的牛棚著火了。」

美食家

兩個美食家互相吹噓自己什麼都嘗過。「你嘗過蜘蛛嗎？」

「沒有，是什麼味道？」

「蒼蠅的味道！」

住址

兩個流浪漢被逮捕了，法官問第一個：「你住哪裡？」

他說：「田野、森林、山丘，海灘。」

法官問另一個：「你住哪裡？那人說：我住在他隔壁。」

車主

員警甲：「剛才有位男子違規停車，我就問車子是他的嗎？他說是他祖母的。」

員警乙：「真的？」

員警甲：「沒錯，我問他時他叫了聲他奶奶的。」

小偷

小偷正在河邊給雞拔毛，員警走過來，小偷忙把雞扔到了河裡。

員警問：「你在幹什麼？」

小偷說：「那隻雞要過河去，我在這裡幫牠看衣服。」

另外解釋

小孫家電話後兩個號碼是十四，覺得不吉利，丈夫說道：「四是八的一半，是半發，你我兩人如果有一人發了也是大好事。」

誤會

小明送女友回家，在門口問：「我可以親妳一下嗎？」才認識一個月的女友回答：「不要臉！」小明說：「不要臉？那我親嘴好了！」

畫像

小姐：「畫家先生，您能爲我畫一張很美的畫像嗎？」
畫家：「當然，小姐，您一定會認不出您自己的。」

活該

小孩哭著來找媽媽，媽媽問道：「怎麼了寶貝？」
孩子：「爸爸不小心用榔頭砸到自己手指頭了。」
媽媽：「那你哭什麼？」
孩子：「因爲我剛才笑了。」

識字

女作家：「我真氣極了！好好寫成的稿子，被三歲的孩子撕破

了。」

友人：「唷！三歲已經認得字了嗎？」

媒人

女子對媒人說：「妳騙人！他有隻眼睛是瞎的，妳以前爲什麼不告訴我？」

媒人道：「怎麼沒告訴妳？你們第一次見面，我便說：『他一眼就看中妳了。』」

傳達訊息

女傭：「十分抱歉，小姐要我告訴您說，她不在家。」

訪客：「沒關係，妳就告訴她，我並沒來過！」

售票員

女售票員和丈夫一起乘涼，兩個回家時女的先進門，就把門關上了，丈夫在外面大吼：「我還在外面呢！」

妻子道：「吵什麼，等下一班車吧！」

別等了

女士：「一年前我丈夫上街去買馬鈴薯，從此再沒回來，你說我該怎麼辦？」

員警：「妳怎麼那麼傻？就別等他的馬鈴薯改做別的菜吧。」

雞同鴨講

求救電話：「救火！」
消防隊接線員問：「在哪裡？」
「在我家！」
「我是說我們該怎樣去你家？」
「你們不是有救火車嗎？」

搶錯人

強盜：「不許動。」
破產服毒自殺者：「少廢話，我馬上就要不動了。」

這樣也算

乞丐：「以前給一百現在只給五十？」
善心人：「以前我是單身，現在結了婚，必須省點。」
乞丐：「你怎麼可以拿我的錢去養你老婆。」

付款方式

漂亮女人：「這種布料怎麼賣？」
男售貨員：「一尺一個吻。」
漂亮女人：「好吧，我要十尺。」
布料包好後，漂亮女人：「（向後一指）我奶奶付款。」

經驗豐富

球迷：「你怎麼讓一個老頭去當守門員呢？」

教練：「這個老頭守了幾十年的倉庫大門，一次都沒失誤過，經驗豐富，所以我就派他上場。」

兇刀

審訊者問疑犯：「見過這刀子嗎？」

「當然。」

「這麼說你認得這刀子！」

「一連三個星期了，您每天都把它拿給我看，我能不認得它嗎？」

不安

審問官很嚴厲地詢問小偷：「當你在偷珍珠時，你不會感到不安嗎？」

小偷：「會呀！我實在很擔心這條珍珠項鍊，是不是真貨。」

神偷專家

神父：「我的孩子，爲你深重的罪行懺悔吧。否則，天堂的大門對你將是關閉的。」

慣偷：「別擔心，天底下還沒有我打不開的門。」

中國侍者

紳士在猶太人的餐館就餐後喚來老闆：「你的餐館怎麼有位會說猶太話的中國侍者？」

老闆回答：「小點聲，他一直以爲我們在教他英文呢。」

最後一趟

紳士：「請問，最後一趟火車什麼時候開往倫敦？」

列車員：「最後一趟？恐怕您今生沒有福氣見到它吧。」

紅顏薄命

孫：「奶奶！你年輕時一定不是美人。」
奶奶：「胡說！我在年輕時，的確是個美人。」
孫：「美人薄命，妳怎麼可以活到八十歲？」

共同嗜好

「昨天我太太發現了我的私房錢。」
「你們吵架了嗎？」
「沒有，她說結婚五年來終於找到了我們共同的嗜好。」

慌亂

「昨天看電影當中突然停電。人們在漆黑中等了十幾分鐘。」

「電影院裡沒有慌亂嗎？」

「慌亂了……那是在來電的時候。」

快樂

「總而言之，我要知道誰是這個家的主人？」一個丈夫怒氣衝衝地說。

「如果你不知道，你會比現在快樂得多。」他的妻子答道。

救命

甲：「這次鬧水災，音樂救了我一命，音樂真寶貴啊！」

乙：「哦！是人家聽見你美妙的歌聲，就來救你了嗎？」

上去了。」

甲：「不，當我被洪水沖走時，剛好我的鋼琴漂過來，我就爬

新鮮蔬菜

食客：「爲什麼這碗菜裡都是泥？」

侍者：「這是最新鮮不過的菜，剛從泥裡拔出來呢。」

我就是

餐廳裡，客人：「有火雞嗎？」

服務生：「我就是夥計。」

神機妙算

算命的對顧客說：「跟你最接近的一個人，恐怕對你非常失望。」

顧客：「你說得非常對，我忘記帶錢包了。」

汽車配件

司機經過一個山村時向一位居民打聽：「請問，此地哪裡可以找到汽車配件？」

「往前走，過了那個急轉彎處有個峽谷，那下面多的是。」

有機發笑：天然ㄟ尚好 （讀品讀者回函卡）

■ 謝謝您購買本書，請詳細填寫本卡各欄後寄回，我們每月將抽選一百名回函讀者寄出精美禮物，並享有生日當月購書優惠！
想知道更多更即時的消息，請搜尋"永續圖書粉絲團"

■ 您也可以使用傳真或是掃描圖檔寄回公司信箱，謝謝。
傳真電話：（02）8647-3660 信箱：yungjiuh@ms45.hinet.net

◆ 姓名： □男 □女 □單身 □已婚

◆ 生日： □非會員 □已是會員

◆ E-Mail： 電話：（ ）

◆ 地址：

◆ 學歷：□高中及以下 □專科或大學 □研究所以上 □其他

◆ 職業：□學生 □資訊 □製造 □行銷 □服務 □金融
□傳播 □公教 □軍警 □自由 □家管 □其他

◆ 閱讀嗜好：□兩性 □心理 □勵志 □傳記 □文學 □健康
□財經 □企管 □行銷 □休閒 □小說 □其他

◆ 您平均一年購書：□ 5本以下 □ 6～10本 □ 11～20本
□ 21～30本以下 □ 30本以上

◆ 購買此書的金額：

◆ 購自： 市（縣）
□連鎖書店 □一般書局 □量販店 □超商 □書展
□郵購 □網路訂購 □其他

◆ 您購買此書的原因：□書名 □作者 □內容 □封面
□版面設計 □其他

◆ 建議改進：□內容 □封面 □版面設計 □其他
您的建議：

剪下後傳真、掃描或寄回至「22103新北市汐止區大同路三段194號9樓之1讀品文化收」

廣　告　回　信
基隆郵局登記證
基隆廣字第 55 號

2 2 1-0 3

新北市汐止區大同路三段 194 號 9 樓之 1

讀品文化事業有限公司　收

電話/(02)8647-3663　　傳真/(02)8647-3660

劃撥帳號/18669219　　永續圖書有限公司

請沿此虛線對折免貼郵票或以傳真、掃描方式寄回本公司，謝謝！

讀好書品嘗人生的美味

有機發笑：天然ㄟ尚好